青あらし

庵原高子
Anbara Takako

田畑書店

青あらし◎目　次

青あらし

カバー画
パウル・クレー
「この星はお辞儀をさせる」

一　令和五年春　由比ヶ浜

正面に大島の霞む水平線が見える。

「私はここで腰掛けているから、あなたは砂浜を歩いていらっしゃいな」

「はい、グランマ」

という声が返ってきた。平素同居していない孫娘さち子の住まいは、川崎市の支線沿いにある。高校生の時、推薦されて、オーストラリアに三ヶ月留学し、大学生の現在、英検二級の資格を持つ。最近は、訪ねて来るたびに、

「グランマ、新型コロナワクチンの注射は、何回やりましたか」と聞く。

今回は、「まもなく六回目よ」と話している。〝コロナ禍〟という言葉を使うようになり、その二年目の、二〇二二年二月二十四日に、ロシアのウクライナ侵攻が起きている。いつ終わるかもしれない二つの問題を抱えながら、海は相変わらず大きく広い姿を見せている。

四月半ば、晴れた日の由比ヶ浜の太陽はまだ真上にある。しばらくは砂浜に降りる手前の、駐輪所を兼ねた見晴らしの良い一角に腰を下ろし、浜辺を一回りするさち子を待つ。自宅から海岸まで約十分の距離を歩いてきたが、高齢の私はそこで一休みする。その岸壁には木製のベンチがいくつかある。通路にはウエットスーツ姿のサーファーが行き交う。近くには、脇にサーフボード留めのある二輪車も並んでいる。

しばらくすると、波打ち際で戯れる人びと、向って左側の滑川《なめりがわ》沿いの平地に、シートを敷いて座り込む中学生と思われる集団が目に入ってくる。空には鳶が群れて飛んでいる。視線を左右上下に走らせながらさち子の歩く姿を探すが、大勢の中で見付けることはできない。目の動きを止めると、海岸独特の空気が改めて強く、そして快く感じられる。

探した方角とは全く違う、向かって右側の坂の下方面から戻ってくる姿を確認する。

「ただいま」と言う声が、スポーツマンらしく、大きく響く。

私立大学に入ってすぐに、ラクロス（Ｌａｃｒｏｓｓｅ）という部に入部したという。四歳違いの姉がいて、国立大学だがそこで日々励んだスポーツをそのまま受け継いでいる。コロナ禍の最初の年で、授業は全てオンラインであったが、練習はほぼ毎日行われたという。最初私はその競技の名前も内容も知らなかった。

「ホッケーに似た競技です」

「ホッケーに」

「女子は一チーム十二人、男子は十人で対戦します」

「そう、どんなふうに」

「先が網になっているスティック（クロス）で、ボールを奪い合い、相手方のゴールに入れ合う」

「それで点数を競うのね」

日ごとに日焼けしていくさち子の顔が眩しかった。

二人姉妹で仲は良いと聞く。何もかもが私の若い時と違う。私は小学校五年生の八月十五日の正午、疎開地の茨城の家で、終戦のラジオを聴いた世代である。一年四ヶ月先に生まれた五姉安紀子とは始終口喧嘩をしていた。

さち子は、令和の天皇夫妻に愛子さまが誕生した三ヶ月後に生まれている。姉との関係は穏やかであるらしい。高齢の私を敬遠する様子もなく、何か聞くとすぐに答えてくれる。以前、ある若者言葉について質問をしたことがある。

「〝マウントする〟って、どういう時使うの」

「そうねえ……」

微かに首を傾ける。私に合った答えを探している様子であった。その言葉は新聞記事で読んで知った。若いサラリーマンの悩みが取り上げられていた。〝会社で同僚が契約を多く取り、しきりにマウントしている。この先自分はどうなるかと落ち込むが……、気にしないで明日からまた生きていこう〟という主旨のものだった。

「仲間のあいだで、自分が一番できるぞ、と得意になっている人……、かな」

「そう、有り難う」

古い時代に〟御山の大将〟という言葉があった。それと同じと思えば良いか。

考えているうちに、マウントから富士山へと連想が湧いた。

この由比ヶ浜から車で江ノ島に向かう途中、天気が良ければ富士山が見える。頂上まで登れた人はさぞ気持ちの良いことだろう。マウントするのはまさにその瞬間だ。

しかし富士山には裾野もあり、その奥には青木ヶ原もある。〟アオキガハラ〟……呟くにしても、その言い難さからも、暗く恐ろしい風景が浮かぶ。

噴出した溶岩上に形成され、大樹海に覆われている一帯は、自殺の名所とも言われている。マウントできなかった人、希望が持てなくなった人、が死に誘われる場所なのか。その入口には、命の大切さを訴える看板もあるという。

不意に〟青木ヶ原する〟という言葉が浮かぶ。英語を使うなら〟アオキフィールドする〟となるが、それではつまらない。舌の回りが難しい〟アオキガハラする〟が、絶望感には似合っている。戦後の混乱期、高卒後の行先が見えず、彷徨っていた時期の記憶が、高齢になっても疼くゆえの連想だ。

普通自動車の免許はすでに返納している。以来晴れた日の富士も簡単には見られなくなっている。この浜の遠くに見えるのは伊豆の大島だけだ。日々足で歩くか電車バスなどの交通機関を利用して暮らしている。

さち子は私の右隣に座り、一緒に周囲の景色を眺め始めた。海から上がってくるサーファーは後を絶たない。濡れた帽子と水中眼鏡を外さない限りは、顔も分からない。従って年齢も定かではないが若い人が多い。……漠然とそう思っていたが、歩きながら目の前で帽子を外した男性の髪の毛が真白なのを見て、私は「あら」と声を出した。さち子は気付いたのか「ご高齢の方もいますね」と言う。

一年と少し前に亡くなった夫の顔を思い浮かべる。パソコンを置くデスクの脇に、満面の笑みを浮かべて、一歳の誕生日を迎えたさち子を抱く写真がある。

「グランパはサーフィンをやらなかったけれど」

「そうですか」

「海がとても、好きだったわ……」

その水着姿の映像は、言葉にしないまま胸に仕舞う。色白なのに、日焼けを好み、白い水着が似合う身体になりたいと望んでいた男。最初は洋画配給会社のセールスマンを務め、五年後にかつて父親が社長をしていた親族会社に入り、叔父の元で長いこと下積みの日々を送った男。その中小企業の会長職に在籍中、二〇二一年の暮、八十七歳の生涯を閉じた。

……私は今〝独り暮らし〟をしている。

少し前より鳶の数が増えている。それも低空に群れて飛ぶようになっている。腰かける位置から言うと、正面に近付きつつある。頭の上に来ると、その腹のあたりの薄茶色や灰色がはっきりと見える。上空を飛ぶ姿からは、黒い鳥としか見えないのだが。

「凄いわね、鳶の大群」

「鳥もいます」

綺麗な指が、岸壁に近い電線の辺りを差す。鳶の羽根の色と烏の濡れ羽色を見分けているようだ。そのとき悲鳴のような声が聞こえた。中学生の集団の方角からだ。

「あ、マック獲られた、鳶がさらった」

「本当?」

動体視力が衰えている私には確認ができなかったが、さち子は、

「はい、鳶が急降下して、中学生の手から、マックを丸ごとくわえていきました」

と言う。それは、近くにあるM店のハンバーガーのことだ。

〝昔は、鳶に油揚げをさらわれた、と言ったけれど〟という言葉を、声に出さないまま飲み込む。

中学生の〝鳶ショック〟が風と共にこちらに運ばれる。

「あなたも気を付けてね」

「大丈夫、絶対取られません」

頼もしい答えである。アルバイトでスーパーのレジの仕事をしたこともある、と聞いている。中年の男性客に、〝日焼けしているようだけれど、何かスポーツしているの〟と訊ねられたこともあるという。かつて、長姉の再婚先のオートバイ店で働いていたが、長く続かなかった私の昔話は、今や口にすることもない。

海に目を遣ると、時の流れが感じられ、同時に、〝新旧の言葉〟が溢れるように浮かんでくる。〝オンライン〟もその一つだ。就職活動も、ほぼオンラインでこなしていると聞く。これも、二〇二〇年から始まった新型コロナウイルスによるものだ。希望する会社に出向き、この日焼けした顔を肉眼で見てもらえない。さらにこの体格、腕の筋肉や腰の張り、全身の力強さを見てもらえないのは残念だ。

また質問をする。

「オンラインで何を話すの」

「自分の話をします」

「身長体重を聞かれるでしょう」

現在さち子の身長は一七三センチある。

「今、面接で、身体的特徴を聞いてはいけないのです。差別とか、ハラスメントとか、言われるみたいです」

「まあ、そうなの」

少し物足りない気持が湧いた。

いずれ分かるにしても、オンライン面接の段階で、その質問は控える空気があるようだ。湘南ボーイだった夫が就職活動を始めた頃、両親が揃っていないと、就職にハンデがあると言われていた。当時は彼も私も、母子家庭の子供だったので、どうなることかと案じた。今思うと、明らかにそれは差別であった。

「それで、何を話すの」

「自分自身の、学生時代の活動の話が中心なんです」

「そう」

オーストラリアに短期留学した話などもするのだろうか。高校生の頃、委員として会計の仕事をしていた。数学の成績が良かったからだと聞いているので、その話をすると、

「担任が数学の教師で、分かりやすく教えてくれたからです」

と答え、自慢する様子もない。疎開先の村立小学校から、千代田区のS学園に戻った時、算数の授業に付いて行けなかったことを思い出す。そのせいもあって、作文を書く国語の時間には張り切り、やがて文学書を読むと共に、散文書きに熱中した。当時は〝文学少女〟という言葉が使われていた。今や〝文学老女〟になっている私も、疎開するまでは算数の授業が好きな生徒だった。

さち子は今、ラクロスの部活に打ち込んでいる。新人戦から始まって、最近は試合にも出場

するようになっている。教育はさち子の両親に任せていて、口出しはしない。〝姑〟という漢字、女偏に、古い、と書く文字は、息子が結婚する直前に、土のなかに、埋めてしまった。〝自分がされたことを、そのまま次の世代に行わない。そうでないと時代が動かない〟と著名な女性社会学者が言っていた。その通りと思う。

短いパンツから覗く、はち切れそうな足にそっと手を触れる。

「弾力があるのね」

「そうですか」

少し照れた顔が可愛らしい。

「グランマ、元気をもらったわ、有り難う」

と言うと返事の代りに、明るい笑い声が返ってくる。

蒔いた種が芽を出し成長し、また種を作り、芽を出す。当たり前のことが、不思議に思える。それは、この若人の〝存在〟を強く感じたということでもあった。下方の砂浜を見ると、中学生の集団が散り始めている。鳶に大事なものをさらわれた子も混じっているのだろう。この災難が良い経験になれば良いが……。

「そろそろ帰りましょうか」

私は声をかける。

「はい」

いつ聞いても良く通る声である。これが真っ直ぐに育っている若者の声なのか。

元来た道を家に向かって歩く。さち子の母親Nの言葉が浮かぶ。

「あの子にも、悩みがあるそうなんです」

「どんな悩みなの」

「十代に反抗期がなかったこと、だそうです」

私の十代は〝戦後の混乱期〟と言われる時代だった。

街には〝闇市〟が並んでいた。あちこちに浮浪児が佇み〝ガード下の靴磨き〟という歌が流行っていた。姉たちと銀座に行くと、アメリカ兵と腕を組んで歩く日本女性を見かけた。日本人の身体も心も混乱していた時期、〝反抗期がない〟という言葉は、どこからも聞こえてこなかった。

二　利根の川風

さち子の存在は、私の息子Aとその妻Nの存在から生じている。孫と言えば、それらの存在は当然のことだが、八十代後半になっている私には、それ自体が現実的でないように思えてならない。実家の両親がキリスト教徒だったゆえ、〃神の摂理〃という言葉は何度も聞かされたが、それだけでは済まされない疑問が残る。昭和四十年不慮の死を遂げた作家、山川方夫氏が手に取って見せてくれた本のタイトルが浮かぶ。『エロティシズム』ジョルジュ・バタイユ著、澁澤龍彦訳、と記憶する。山川氏は初期の短編に、自身をモデルにしたと思われる、若い男性の性欲についても、色々と書き残している。女性の性欲も含み、生命の連鎖にはさまざま問題が絡む。どうして今私は、孫娘とこうして由比ヶ浜海岸の岸壁に腰かけているのか。記憶を辿っていくと、失敗とその傷、忘れられない恥の日々が、次々と浮かぶ。

……さち子の父Aを産んだのは、凍えるような大寒の日だった。前夜から早朝までの苦しみの末だった。血圧が上がり、陣痛促進剤を打てず、最後は鉗子分娩となった。夫の泰志は二十八歳、妻の私は二十七歳であった。

その夜、産院の外を町内警防団の人たちが木槌を鳴らし、「火の用心」と繰り返して通って行った。その声は〃ヨージン〃と繰り返すばかりで、誕生を祝うようには聞こえてこなかった。

私は父が五十二歳、母が四十一歳の時の子供だ。その事実がこれから書く小説の全ての根っこになっている、と言っても良い。

東京山の手麹町生まれ、そして九段のミッション・スクールS学園に通っていた子供が、父親の転勤でもないのに、昭和十八年九歳で南茨城に引っ越し、原清田村村立小学校に転校したのは、全てその二年前に始まった戦争のせいであった。当時は小学校を国民学校と呼んでいた。十里という名のその部落は、利根川沿いにあり、住民のほとんどは農業に従事していた。

川風に潮の香りはなく、土や水草の混じったような妙な匂いがした。何よりも向う岸の千葉県までの距離感には目を見張った。川幅がこれまで見た隅田川、江戸川などより、はるかに広かったからである。当地の人びとが〃筑波颪《おろし》〃と呼ぶその風は子供の身体を吹き飛ばすほどの力を持っていた。やがて二キロほど離れた村役場から、〃警戒警報〃さらに〃空襲警報〃のサイレンが鳴るようになる。昭和二十年五月東京の家が空襲で焼け落ちたと知らされる。その直後、利根の川原に火だるまになったB29が墜落する。近くには霞ヶ浦航空隊の基地があり、そちらに向かっていた敵機のようで、機体の内部には米兵二名の死骸もあった。

「敵とはいえ、親兄弟がいるだろうに……」

母はそう言って、前掛けで顔を覆っていた。私は子供なりに母の優しさ、そして死の恐怖を感じていた。疎開生活は、老いた父がその地を離れないという事情があって、約三年に及んだ。小学生時代と言えば、その後の成長に影響の多い年頃だ。川風の匂いの染みこんだ私はどんな娘に成長したか。

その折々に感受した事柄を元にして、これまで幾つかの小説を書いたが……、どれも核心に近付くことはできなかった気がしてならない。

中年になってやっと入った大学で、英文学を学び、卒論にはヴァージニア・ウルフの作品を選んだ。そのウルフは〝意識の流れ〟(Stream of consciousness)と表現している。長編『燈台へ』(To the Lighthouse)のように、登場人物の外からは見えない〝意識の流れ〟を中心の物語と共に、短編『キュー植物園』(Kew Gardens)のように、草花を書く作品もある。

だが、著名な作家の言葉でも、そのままを受容することはできない。もちろん模倣もしたくない。私が書きたいのは、第一に〝何かを強く感じた瞬間〟である。――それまで気付いていなかった事柄、主に恐怖が、はっきりと認識される……。時には私の存在が〝消えてしまう〟極端に言えば〝抹殺される〟と思った瞬間である。それは怯懦《きょうだ》、弱さ、つまり無力から起きる。しかし……、人が人の弱さを書くには、強靭な精神力が必要なのである。喜びの瞬間がなかったわけではないが、その割合は少ない。

老いて何が残っているか、それは多くの記憶……、そして生きているという事実である。六十代で早期の肺癌が見付かり手術を受けたが、技術心遣い共に優れた成毛医師と出会い、二十五年間再発もなく今日まで無事に過ごした。歯だけは丈夫で食欲もある。夕食を取って入浴し熟睡した翌朝、特に明け方目が覚める頃、創作のヒントが浮かぶ。

それも闇雲にではなく、かなり整理されたものとして現われる。爆発的な力は無くなっているものの、過去の敗北、失敗、弱さなどを冷徹に見つめる力は、反対に増したような気がする。年月が私に何を残してくれたのか。

ずっと閉じていた記憶の箱の蓋を、開けてみたい、それはもちろん、書き残したいということだ。息が続くか、不安がないわけではない。

かつてブルームズベリー・グループの一員であり、ウルフについても語る作家、E・M・フォースター氏の「老年について」の一文を引用する。

老年は、じつは知恵は増えて精力は衰えるという、魅力的な組み合わせなのだが。

この意見には賛同する。さらに、
英知を年月の産物と考える。英知は、長いあいだ正しく維持された人間関係から生まれるのだ。それは個人が長い時間をかけて、人びとの間で培った「業績」であり、ガイドとして役立たずとも、「見本」として貴重だ。

と。E・M・フォスター氏は、九十一歳まで生きた。一八七九年生まれにしては長生きをしている。

六ヶ月間の連載小説を書いている途中、妊娠してしまったことは、失敗だったのか、そうではなかったのか。いずれにしても多産系の母の血が私のなかで、沸騰していたことは間違いない。昭和三十年代、その家の嫁に〝産む、産まない〟の権利などなかった。

さち子の足に触り、声をだして笑った後も、胸に靄が湧いたような妙な気持ちになる。それにしても、あの時の私の足のむくみの凄さは記憶に深く刻まれた。両足共に、太い丸たん棒になっていた。白い皮膚の上に、赤い斑点がでて熱も感じられた。生まれて初めて見る〝病んだ人間の足〟だった。医師はその足を見てすぐに、

「妊娠中毒症です」

さらに、

「今なさっている仕事を全部止めて、休養してください。おなかの子供に影響がでます」

と言った。気が付くと私の身体は小刻みに震えていた。自分が怖くなってもいた。こんな時でも何故私は小説を書くのだろう。掲載第一回は暑い七月から始まっていた。窓口で利尿剤などの薬をもらい帰る途中、俳句の季語が一つ浮かんだ。

〝青あらし〟そう、強い風が吹いたのだ。

幸田文著『みそっかす』（岩波文庫）によると、

明治三十七年九月一日、暴風雨のさなかに私が生まれた。

とあり、

第一子は母体を離れぬうちに空しくなったが、これは男子であったそうな、第二子は女、父は三子に男子を欲しがっていたと聞く。

と続く。

そして母は、下婢のおもとから、父が、いらないやつが生まれてきた、と呟いていたと聞かされる。

手持ちの電子辞書（広辞苑第六版）を開き、みそっかす、と打ち込むと、一人前に扱われない子供、と出てくる。

その暴風雨から三十年、昭和九年生まれの私の世代にも、この言葉は引き継がれている。

さらに、三文安《さんもんやす》、と、付録、が加わる。三文安は、頭に〝年寄り育ち〟が付くことわざであり、付録は昭和初期、婦人雑誌が添え物として発行するようになり、家の中で〝持て余されている子供〟は、付録と呼ばれるようになった。

私は第八子の六女としてこの世に生を受けている。さらに、〝第一部〟〝第二部〟という言葉が加わる。芝居小屋の演目ではあるまいし……、と思う人のために書くが、父と母は明治四十四年に結婚し、翌年七月に明治天皇が亡くなる寸前に、長男を得ている。その長男は麻疹で早世したが、母はその後一男三女をほぼ年子で産んでいる。子育てと羅紗商の手伝いで〝猫の手も借りたい〟と思うほど忙しかった日々のさなかに起きたのが、あの関東大震災であった。下町から逃げてくる人たちのために、母は、ゲートルの縁をかがる仕事で、昼も夜もミシンを踏み続けていたという。

やがて母は結核に侵され、闘病生活に入った。……五人も子供を産んだのだから、普通に考えれば、妊娠出産は諦めるはずである。ここに、〝神との出会い〟その〝導き〟という言葉が加わる。見舞いに来た神田千桜小学校時代の友人に教えられて、神田三崎町に心休まる教会があることを知らされ、そのカトリック教会に足を向けることになる。そこでフランス人神父シェレル師に出会い、導かれ、母は洗礼を受ける。続いて父が洗礼を……。当時のカトリックは、バース・コントロールに反対であった。当時の日本国も〝産めよ、増やせよ〟のスローガンを掲げていた。加えて父の体力、そして財力もあった。それ故、

第一部、大正前期、五人

第二部、昭和前期、三人

が生まれた。

昭和四年に四姉多見子《たみこ》、七年に五姉安紀子《あきこ》、九年に私須江子《すえこ》という順番であった。

一部と二部のあいだは十二年空く。私と後に支配者となった兄正一郎《しょういちろう》とは十九歳離れている。

物心付いた頃、兄は当時五尺八寸と言われる身長になり、外見的にも威圧的な存在だった。その

兄が時折「おまえは、本当はお兄ちゃんの子供なんだ」と言ってからかった。「親父の子として付けといた」とも言う。……父の可愛がり方から言って、そんなことはないと思いながらも、いつも嫌な気持ちになってべそをかいた。その私は、生後百日目に母の腕に抱かれて洗礼を受けている……。

露伴もやがて文を可愛がったというが、父は末娘の私を可愛がってくれた。国技館に相撲観戦に連れて行ってくれた。母は歌舞伎見物が好きで、連れて行かれたこともあったが、長台詞《ながぜりふ》の多い演目は退屈することが多かった。その点相撲は動きが早く、いつも目を皿のようにして観た。折しも双葉山の全盛時代であった。さらに父は、骨董品市に行き、入札という方法を教えてくれ、東京郊外の植木市にも連れて行ってくれた。その辺りには樹々の香りが溢れていて、両手を広げてそれらを吸い込んだ。そして独身時代、日露戦争に参加し、右手を負傷した話も聞かせてくれた。幼かった私の耳に、それらの話は吸い込まれるように入り込み、長く記憶するようになった。少し年寄り臭くなったことは確かだが、私は子供なりに、それらの経験を身近に感じることができて、幸せであった。

耳聡さは、下々の会話にも発揮された。病後の母は、教会のミサ、そして婦人会のボランティア活動にも加わっていたので忙しく、私は当時〝女中さん〟と呼んでいた使用人の部屋で過ごすことが多かった。私の担当とされていたおせいは、いつも優しく可愛がってくれたが、他の使用人たちはそうでもなかった。それは、使用人同士で交わしている言葉によって知らされた。玩具

を持って遊ぶ私を横目で見ながら、

「この子が、幾つになるまで、旦那さん生きているのだろうねえ」

「そうねえ、何て言ったって、もうすぐ還暦を迎えるそうだから」

と交わす会話。この囁きは、耳に深く残った。

以来、折に触れて思う。〝お父さん、いつまで……生きているのかしら……〟と。

さらに、S学園付属の幼稚園に入ると、送り迎えに来る同園児の、父母の若さに気付くようになる。まだ口に紅を塗ったり、着物の色も鮮やかな、第一部の姉たちとほとんど変わらない母親が多かった。

〝庵《あん》との出会い〟について書かなくてはならない。それは私の幼児洗礼と共に、文学の根っこになっているからだ。

昭和十六年十二月八日に戦争が始まった時、私は小学一年生になっていた。(当時は、国民学校と言われていた) そして十八年頃から、敵機の襲来を恐れて、地方に〝疎開〟するという言葉が生まれた。

兄は昭和十八年の秋、身籠った妻小夜子《さよこ》を残して、一兵卒として出征した。そして翌年男子真《しん》一《いち》が生まれた。私の一家はその妻と子供と共に疎開地茨城に移動した。当時母は、唯一の内孫である〝真一を守る〟と宣言していた。私にとっても甥にあたる存在であった。

疎開地は、元々父親が隠居地も兼ねて、田畑と共に買い求めてあった、茨城の利根川べりの一画であった。当時は稲敷群原清田村《げんせいだむら》と言った。

小学三年を終えた春休みのある日、私は父と母と共に、四十分ほど田んぼ道を歩いた先の、長竿村《ながさおむら》にいた。訪ねたのは、それまで見たこともない大きさの藁葺き屋根の家、そして広い敷地に手入れの行き届いた庭、農作業用の平地と合わせて学校の運動場のよう広い家だった。春の日差しはその隅々まで満ちていた。それは、長竿村の村長さんの家だった。しかも、村長さんの名前は〝長竿さん〟と聞く。村の名前と同じ姓の人がいるというだけでも、特別な気持ちのする空間であった。

両親がどうしてその長竿さんの家まで出かけたのか、その理由は知らなかった。

後になって、大きな母屋の北側の小さな家に、神田の古書店に嫁いだ長姉とその子供たちが住むようになったので、その話を兼ねて挨拶に行ったのかもしれない。長姉の夫は当時〝仏領印度支那〟と呼ばれていたベトナムに行っていた。

長竿さんは品の良い風貌を持ち体格も良かったので、その着物姿に深々とお辞儀をした覚えがある。東京商人の父はその村長さんより年配だったが、客人として大切に扱われている様子が感じられた。

しかしその歓談も長くなると、子供の私は退屈した。

「東の方に鶏小屋がありますよ」

という声が聞こえたので、その方向に歩き出した。……五十歩は歩いたろうか。いや百歩だったかもしれない。その先で見つけたのは、鶏小屋ではなく、松の木に囲まれた静かな一角だった。木製の小さな門の上に板が渡され、墨字で「松風庵」と書かれてあった。東京で習字教室に通っていたし、漢字は良く読める方だった。

奥には松以外の樹々も並ぶ。その先に建物らしい影が見える。その門に吸い込まれるように入った。細い道が建物まで続いていた。日陰も少しあり、母屋とは違うその空気に何故か胸が騒いだ。

道が終わったところに、小さいがまとまりのある和風の平屋が建っていた。庭と思われる空間からは微かな水の音が聞こえる。軒先の下屋《げや》は長く延びている。置き石の合間には冴えた緑の苔が密集している。松の緑と苔の緑は、濃淡に違いはあったが、子供の私に経験したことのない落ち着きと共に、好奇心の高まりを感じさせたことは同じであった。

〝情緒〟という言葉もまだ知らず、〝侘び寂び〟の世界などもちろん知らなかったが、その場所が母屋とは違う空間であることはすぐに分かり、足を留めてその小さな家を凝視した。威厳こそなかったが、その建物は強く存在を示していた。退屈していた気持が満たされ、和んでくるのが感じられた。しかし、独りでそこにいる怖さも湧いた。小道を戻り、再び「松風庵」の墨字を眺めてから、父母のいる母屋の縁先に戻った。

そして、

「私、いいお家を見つけたの」

とその方角を指差し、報告した。

「まあ、そんなところにまで行ったの」

母はたしなめるような口調で、そう言った。

「しょうふうあん、というの。私読めたわ」

なおも話したい気持ちが湧いていた。

「離れ屋なんですよ」

長竿さんは、そう言って微笑んだ。

「恥ずかしい話ですが、若い頃僧門に憧れておりましてね。以前、経でも唱えようかと思って建てたのですが……、来月には東京の知人が引っ越してきます。やはり、疎開ということで」

「そうでしたか」

父の返事に重ねるように、

「私、いつか、あんなお家に住みたい」

と声を張った。

「何を言うのですか」

母は少し慌てていた。

「申し訳ございません。末っ子で甘やかしているもので」

父も村長の長竿さんも、何も言わず笑っていた。

私は長じてから、この体験を〝父から授かった〟と思うようになった。平凡な〝日常〟に加えて、〝非日常〟の場、〝松の深緑と、濡れた苔の艶、そして微かに水音の聞こえる〟世界があること。それを教えられたことは間違いなかったからだ。

……しかし母の教育は違っていた。

敗戦の翌年、父は疎開地の家を二間建て増した。焼け野原の東京には戻らず、この地で隠居しようという考えからと聞いている。完成祝いの日、近隣の村人も集まって皆で酒を飲み祝った。宴もたけなわになった頃、母は満十二歳になったばかりの私に酒を勧めた。私はそれを猪口で数杯飲んだ。私の顔はすぐに赤くなり、眠気も湧いて母の膝上に横たわった。

「大丈夫かい、奥さん、子供に酒を飲ませて」

村人の一人が言った。母は平然と答えた。

「これも体験です。自分が酒に強いか、そうでないかは……飲んでみなくては分からない。今後それが分かれば、注意するでしょう」

「ははあ、奥さんって、大した人だねえ」

そんな会話が、眠りかけた私の耳に聞こえた。体験して、その痛みを知る。それが〝今後に役立つ〟という意味か。……その後は強い眠気が襲い、何も聞こえなくなった。

〝庵〟との出会いから四年、敗戦から一年余過ぎたある夜、父は原清田村の家で倒れた。あいにく母は、当時私たちが身を寄せていた市川市の次姉の家に来ていて留守だった。高血圧の体質であったが、無医村なので治療は受けていなかったと聞く。母と姉たちそして私は翌日駆け付けたが、竜ヶ崎市から医者が来たのは二日後であった。脳梗塞と診断された。何とか一命をとりとめたが、ほぼ寝たきりとなった。

その一年後、二頓車の荷台に乗せて、鎌倉まで何とか父を運んで以来、私は母を助けて父の身体を起こしたり寝かせたり、風呂に入れたりした。半世紀も経って、〝ヤングケアラー〟という言葉が耳に入るようになった。かつての私も、母のアシスタントではあったが、十代のケアラーであった。

長竿村に行った頃は、警報が鳴らなくても飛行機の行き交う音は始終聞えていた。本当の空襲が始まったのは、長竿家訪問から約一年過ぎてからである。

三　復員兵の兄

終戦翌年の二月、兄正一郎は疎開地の家に戻ってきた。何の予告もなく戦地から帰ってきたのである。当時はそういう人々を〝復員兵〟と言っていた。どの地域から、と問われても、私はその頃兄の所属する軍隊の住所を〝中支那派遣軍〟を省略した〝中支派遣〟としか知らなかった。母や兄の妻が手紙や慰問袋を送る時、そうした住所を書いているのを横から見ていたのである。

母の話では、復員直後の兄は、〝飯を食う、眠る〟がほとんどで、軍隊での日々、輸送船で引き上げ、日本の土を踏むまでの話はしなかったという。痩せこけて垢だらけだった兄のために風呂を焚き、清潔な衣服を与え、利根川で取れた魚や畑の野菜などで美味しい料理を拵えた。そしてそれまで私たち三姉妹の部屋だった二階の部屋を、兄夫婦の部屋に変更した。兄が妻と過ごす夜は三年ぶりのことだった。

数週間経って、やっと兄は少しずつ話すようになった、という。

「何かあると上官は〝眼鏡を取れ〟と叫んだそうよ」

と母は言った。そして、「取るとすぐに、往復びんたが……飛んできた」

兄は近視の眼鏡をかけていた。

「それは数えきれないほど、と。ひどい話……」

最後は涙声になった。

兄は軍隊では衛生兵の仕事をしていた。野戦病院で病人、負傷者の世話をする役目ゆえ、銃などを持って闘うことはないように思われたが、そんな簡単な話ではなさそうで、弾のなかを潜ったことは何度もあったという。病院内では自分が殺さなくても、日々死んでいく人は多く、どれだけの患者の死に出会ったか、事切れる寸前に家族の名を叫ぶ声が、今でも耳に残る、と話したという。一人息子の兄の話となると母は夢中になり、十代になったばかり末娘の気持ちなどに配慮せず、「お兄ちゃんは、〝慰安婦〟という言葉が大嫌いだったそうよ」と言った。私は聞き耳を立てた。

「衛生班のなかで、その言葉を聞いて喜ぶ人が多かったけれど、喜ばない人もいたそうなの。お兄ちゃんは、その一人……」

母は私の様子に気付いたのか、それっきり何も言わなくなった。敵と戦うだけではなく、軍内部の人たちとの対立もかなり激しく、辛い思いをしたらしい。

〝青あらし〟は、青葉時に突然吹く強い風を指し、俳句の世界では夏の季語になっている。俳句、はいく、五、七、五　の世界……。それは、終戦後、羅紗商人の父が疎開先から東京に戻ろうとしなかった、理由の一つと言われる因縁ある世界だ。

父は戦後になってから茨城の家を二間も建て増し、農業に勤しみ、休日には句会を開くという生き方を選択した。つまり商人廃業、隠居宣言をしたのだ。

今思えば、それは家族への波紋を起こし、末っ子の私の行く先にも関わる大きな一石であった。その村の青年たちを集めて開く句会に、私はいつも参加した。五姉が入った竜ヶ崎《りゅうがさき》女学校の友人も数名参加したので、賑やかで楽しかった。その反面、復員してからの兄は、「おれは、東京に出て商売をする」と言いながらすぐには果たせず、いつも眉間に皺を寄せていた。ある日、兄が利根川に向かって、

「おやじ、商売止めて、俳句なんてやっていちゃ、駄目だよ、〝世捨《よす》て人《びと》〟になるな」

と叫んでいるのを見た。声は向こう岸に届くほど大きかったし、世捨て人という言葉も初めて聞いた。以来、句会に参加するのも躊躇われた。父が隠居すれば、家長は兄になり、支配されると分かっていたからだ。

「お父さんは、十四歳から働いて、今年で五十年だからね。仕方ない」

父の妻である母は、そう言った。独身の頃、三男坊故、日露戦争に召集され右手首を負傷し、回復後、愛知県の田舎から東京に出て来て、羅紗問屋の主人になり、一家を成すまでにどれほど

の苦労があったか。家族会議が始終行われていたが、私は参加させてもらうことがなかった。文字通り〝みそっかす〟だったのだ。

その〝みそっかす〟の私が復員直後の兄に一度〝びんた〟を食らっている。

私はその日の午後、茶の間の東側にある子供部屋で編み物をしていた。四姉五姉もその部屋にいた。

「田舎者の、話し相手はつまらん」

と言って、兄は突然子供部屋に入って来た。近くの農家の人たちが父母を訪ねて来て、茶の間に座り込み他愛もない話を始めるのだった。足音も荒く、兄の機嫌は良くなかった。そのまま私の後ろに回り、身体を持ち上げた。出征する前の兄は、よくそんなふうにして遊んでくれた。しかし……三年のあいだに日本国も私の年齢も変わっている。

不意のことで私は「嫌よ、今編み物しているの」と言って手足を横に振った。たまたまその右手には手鋏があった。新しい毛糸は手に入らず、古毛糸の細くなったところを切り落とし、繋ぎ合わせるために鋏は必需品だった。

「痛てえ」という声が上がった。鋏の先が兄の足に当たったのか、指先から血が滲んでいた。

その血を拭った後、兄は両足を開き、手を振りかざし、私の頬を打ち、そのまま二階に上がってしまった。全身にその痛みは走り、私はしばらく身動きができなかった。茶の間にいた母は、何かを感じたのか部屋にやって来た。その場にいた四姉多見子が仔細を報告する。

母は、「大丈夫かい」と私を見た。それまで泣くこともできなかった私はやっと声を上げた。あれは兄の苛立ちから起きた、八つ当たりではなかったのか。その後母は、小さな妹に八つ当たりをするな、と言ってくれただろうか。……何も聞かされていない。頬の痛さがいつか心の靄に変わり始めていた。

兄はやがて、妻と子供と共に、神奈川県鎌倉市の家に引っ越して行った。その家は元別荘であった木造の二階家で、戦時中は人に貸していたのだ。結局兄は私や姉たちとは暮らさなかった。私は、六年生に進級する春、次姉加也子《かやこ》の住む千葉県市川市の家に預けられることになった。そして疎開地を離れ、東京九段にあるミッション・スクールS学園に復校し、総武線で通い始めた。加也子は上野音楽学校を卒業し、音楽家として自立しているしっかり者だったが、離婚経験があった。

東京で焼け出された一家は、戦後茨城、千葉、神奈川の三ヶ所に離れて暮らすことになった。母は、茨城で父の世話をしながらも、大利根と称する利根川を渡し船で越え、バスで成田へ、そして京成電鉄に乗って、市川市の菅野《すがの》駅で降り、私と姉たちに会いに来ていた。私と安紀子は学校が休みの土日は、一晩泊まりで茨城に帰った。母に甘えるのが目的でもあった。しかし加也子が音楽教師の仕事がない日に茨城に足を向けるのは、鎌倉市から来る兄も加わって、今後のことで両親と家族会議をするためであった。

前日から私は、安紀子と共に、市川市の家で留守番をしていた。その夕方、茨城の家に出掛けていた加也子が、多見子と共に戻ってきた。

「お帰りなさい」と言ってその顔を見た途端、私は息を飲んだ。顔一面を青痣に腫らしている。まるでお化けのような顔……、その衝撃は強かった。

……その場にいた四姉多見子の話によると、前夜に行われた家族会議で、〝誰が小さな妹たちの面倒をみるか〟という話が出たが、いつになってもまとまらず、兄は、

「おれにも家庭がある」

「親父が隠居するなら、おれは家長だ」

「おれは、お袋から〝この家のものは、かまどの下の灰までも、お前のものだ〟と言われて育った」

と主張する。

「それなら責任を取って下さい」

と、加也子は言う。

「全ては、東京が焼け野原になる前の話だ」

「それを言っても、始まりませんよ」

「女のおまえに何が分かる」

そんな会話の繰り返しのあげく、兄は「いい加減にしろ」と言って立ち上がり、停電時使用の

ランプに頭をぶつけ、闇になった部屋の中で、暴力を振るった……、という。

昭和二十年代始め、敗戦の影響で日本中の家庭は混乱し、それに伴い家族の争いも起きていた。私の家はその一つだった、と思われる。

加也子は「お岩《いわ》さまの顔でしょう」と言っていた。貞女・岩が夫・伊右衛門に惨殺され、幽霊となって復讐を果たす「四谷怪談」は、歌舞伎や落語で、当時の人々に知られていた。私はその腫れあがった顔にひたすら怯えた。どちらが正しいか、考える。そして新しい時代とは何か。その問題を勉強する。……などという発展的な考えは浮かばず、ただ暴力の怖さだけを感じていた。

さらにその後、突然市川の家にやって来た兄が、加也子とその同居人を殴った現場を目撃している。当時は、部屋貸しをする家主が多く、加也子は、妹たちと二階の二部屋で寝起きし、階下の一部屋を箏曲家夫婦に、もう一部屋を皆が江島《えしま》先生と呼ぶ中年の詩人に貸していた。どうやら兄は、江島との仲を疑っていたようだ。

ある日兄は突然現われ、玄関の外でゴム毬を突いていた私に、

「加也子姉さんいるか」と訊ねた。

「うん」と答えた私に、兄は、

「先生はいるか」と訊ねた。

私はふたたび「うん」と答えた。

玄関を開けた兄はすぐに、

「加也子、出て来い」

と声を上げた。

乱闘はその直後に起きた。子供の私にはどうすることもできず、近くの知人の家まで走って、助けを求めた。

その家に居た大学生と使用人の手によって、動き回る兄の身体は確保された。私はその後を追った。腕を引かれて歩く兄の顔を覗くと、興奮しているという感じではなく、暗い色を浮かべているように見えたのが意外であった。家に戻ると、江島先生の額には、傷があり、血が滲んでいた。灰皿を投げつけられた、という。加也子は消毒液を布に浸しながら、涙を零していた。

後になって、私は詩人と加也子の仲が嘘ではないと知った。

それでも兄の暴力を肯定する気にはならなかった。……私はあの頃、詩人が原稿用紙の上に文字を書き込んでいる姿を何度も見た。ガラス越しではあったが、生まれて初めて見る〝原稿用紙にペンを走らせる〟光景であった。いつか詩人は〝作詞家〟と呼ばれるようになり、ラジオから流れる歌謡曲の歌詞を作る人になっていた。

仕事が一段落した時など、近くの汁粉屋に連れて行ってくれることもあった。戦中戦後不足していた甘味は、だれもが喜ぶものだった。姉たちと一緒に有楽町の日本劇場に連れて行ってもらったこともある。東京から茨城に疎開し、真っ暗な防空壕のなかで、恐怖と闘った娘にとって、宝塚雪組公演の舞台は、目を見張り胸躍らせる絢爛豪華さであった。オーケストラ・ボックスから流れ出す生楽器の音色にも驚きを覚えた。少なくともその作詞家は、私にとって〝怖い人〟ではなかった。

たとえ家長を引き継いだとしても、兄が絶対者のように振舞うことに疑問を感じた。兄は、S学園と同じミッション系の男子校G学園から、慶應義塾大学経済学部の予科、そして本科に進学したが、まもなく中退したと聞いている。それは、店に入って父より商いを学ぶため、と聞かされている。小さな頃から、母や上の姉たちそして使用人たちの話が、耳に入っているのだ。

二十七歳で見合い結婚するまでに、兄にはかなりの女性関係があったという。それらを棚上げにする、しないは別としても、世間一般が男女間の節操については、男に甘く、女には厳しいという印象があったのだ。

母の話によると、加也子は子供の頃から勉強が良くできたという。特に算数が得意で、クラス担任の先生に、「加也子さんに解けない問題は、他の生徒は解けません。」と言われるくらいで、鼻が高かったという。一つ年上の、跡取り息子のプライドを損ねていた時期もあったのではないか。……すべては、大正末期から昭和初期、私が生まれる以前の話だ。

近隣の人まで巻き込む騒動があったにも関わらず、事件の後、私への母や他の姉たちからの説明も、慰労の言葉もなかった。以来、兄への恐怖は決定的なものになり、小学六年生だった私の意識に植え付けられた。

平成三十年（二〇一八年）になって、やっと復員兵の戦争トラウマ、その家族が語り合う会が生まれている。大学でも研究され、新聞記事（二〇二三年　朝日新聞夕刊）にもなっている。私はそれをスクラップしてファイルに入れ、保存した。

恐らく兄は、約三年の軍隊経験、中国から引き上げる時の苦難、父の隠居宣言、その後の商売の苦難によって、身内を信じる力が無くなっていたと思われる。しかし、その認識も、私の長年の積み重ねによって、生まれたものだ。間もなく私は中学生になったが、恐怖はそのまま続いていた。

四　鎌倉市長谷東町

二年間の市川生活も終わりとなり、私は寝たきりの父そして兄姉たちと共に、鎌倉の家で暮らすことになる。

一族の戦後の住まいとなった家は木造の二階家、鎌倉市長谷《はせ》東町《あずまちょう》のバス停から、路地を入った一画である。二人の姉と私は、母が決めたように玄関わきの四畳半に入った。一階の奥には父の寝台があり、二階の南側には嫁いでから結核を発病した三姉の雅恵が夫と共に暮らし、北側には兄夫婦が子供と住んでいた。子供は一人増えて二人になっていた。他の部屋には使用人と母の姉である伯母つねが住んでいた。つねは若くして夫と子供を失い、麴町時代から我が家に身を寄せ、芝のT学園で裁縫教師を続けていた。

そして私は五姉安紀子と共に、鎌倉から東京飯田橋のS学園まで、遠距離通学を始める。安紀子は高校生に、私は中学生になってぃた。四姉多見子はすでに旧制の専攻科を卒業していた。麴町時代、三人は坂東流の日本舞踊を習っていた。多見子だけが名取りになっていたが、安紀子と私は途中で疎開地に行ったため、そのままになった。母は忙しく、ほとんどその四畳半に入ってこなかった。介護による疲労感と先行きへの不安からか、時には忘れられているかと思うほど、放っておかれた。

父に代わって家長となった兄は、第二部の私たち、三姉妹を負担に思っていたのだろう。何かに付けて牽制球を放ってくるのだった。それは時に毒舌であり、時に不意に降ってくる縁談がらみの話であった。ある日、二十歳になったばかりの四姉多見子に、見合い話を持ってきた。それも、一方的に、相手の写真履歴と共に見合いの日時まで決めてきた。そして、

「商売のお得意さんの紹介だ、悪くない話だ、着物を着てきなさい」

と言った。不意のことで、多見子は殆ど声を発しなかった。しかしその沈黙は同意とみなされた。見合いの結果はどうだったか、……それはイエス、ノーの問題ではなかった。多見子はその日、見合いの席に足を向けなかった。つまり、すっぽかしたのである。

兄の怒りは頂点に達した。母にも〝監督不行き届きだ〟と抗議した。紹介者のお得意さんに、平謝りに謝ることになり、後始末が大変だったという。多見子との話し合いが一切なかったにも拘らず、兄は自分にも非があるとは言わなかった。関わりのない私たちにも〝どいつもこいつも〟と言って、白い目を向けていた。そして二度と多見子に縁談を持ってこなかった。

高校生の安紀子が、東京の歌劇団の試験を黙って受け、合格したと知ったのはその翌年である。

母が歌舞伎や日本舞踊が好きということもあって、子供たちにもその影響があったことは確かだ。母は東京神田龍閑町（現東松下町）に生まれ、当時の人気役者十五代目市村羽左衛門《うざえもん》を贔屓にして、一目見たいと市村座の楽屋口まで出かけたことがあったという。

安紀子は一度浅草の舞台を踏んだが、一年後に辞めた。進級試験に不合格だったからだ。その通知には「音感がない」と記載されていたが、後に兄が「おれが手を回して辞めさせたんだ」という話も聞いた。兄の中学の同級生に、有名な歌舞伎役者の息子がいたことは知っていたが……そちらに頼んだのか……。真実は分からないまま、安紀子はS学園を中途退学し、歌劇団も辞め、やがて兄の店で働くようになった。二つの事件は、私の心に恐怖の上塗りとなって残った。

中学生だった私が高校生になった春、鎌倉の家の二階で療養していた三姉雅恵《まさえ》が、喀血のショックで死亡した。夫と二人の子供を残してのことだった。姉を見送った母は、疲れた顔のなかにも諦めの色を浮かべていた。ストレプトマイシンという、結核の新薬が出たというニュースは耳にしていたが、まだ高価で、二度ほど手に入れたが、その都度「なんて高いのだろう」と天を仰いでいた。妻を亡くした義兄は、その後子供と共に家を出て行った。半年後、兄一家も東京に引っ越して行った。父が遺した小石川の土地に、住宅金融公庫で金を借り、家を建てると言いながら……。

一階の奥の間には、寝たきりになった父が絶えず唸り声を上げていて、排泄もままならなくなっていた。洗濯機もやっと普及した頃で、それまでは母、姉たち、そして私は台所の裏で、盥と洗濯板を使って、父の衣服やお締めを洗っていた。

母親が第二部の三姉妹を産んだために、兄が被害者になったことは確かだが、早く片付けようとして取る方法が荒々しく、癇癪持ちということもあって、私は怯えてしまうばかりだった。その頃の母は父の介護と生活の苦しさから、仲裁に入ってくれるわけでもなかった。末っ子の私の存在についてどう思っていたのか……。物覚えが良く、勘も働くので、舞踊の手順はすぐに覚えた。生田流箏曲の教師である加也子に琴を習えば、その曲をまもなく暗譜して、何も見ずに琴の弦を鳴らすようになる。「早いね」と褒めてはくれるものの、時折、「おまえは気難しい」と怒ることもある。

洗濯場の北側には更に細い路地があって、その突き当りに中年姉妹の家があった。姉は近くの医院の内科医師、妹はチヨさんと言いどちらも独身だった。

ある日母は、

「チヨさんがね、ダンスの教室を開いたそうなの」

と言った。母の近所付き合いに興味はなかったが、ふと耳が傾いた。当時ダンスといえば、男女が組んでステップを踏む社交ダンスだった。

「多見子姉さんと、一緒に行かないか」

多見子は、路地の入口に〝日本舞踊教授〟の看板を出していたが、生徒は三人程しか来ていなかった。安紀子は通勤の途中、法律家を目指している東大生と出会い、愛し合うようになっていた。苦学生であったその男性は、安紀子に惚れ込んでいるらしい。それも〝高嶺の花〟と言って仰ぐほど、と聞いている。私は遠距離通学の、朝の車中、S女学園近くの男子校の生徒数人と知り合い、そのひとときを楽しんでいる最中であった。年齢は十六歳。思春期が青春期に変わろうとする微妙な時期であった。

そんな娘を何故あのようなところに放り込んだのか。五姉安紀子に程良い結婚相手が現われ、途端に〝オールドミス〟と言われ始めた多見子のために、私を付添人として使ったのか。それとも、私にも早く相手が見付かれば良い、と願っていたのか。

しかし、ダンス教室に行っても、地味な顔立ちと洋服が似合わない多見子に、「踊りましょう」と声をかける人はいなかった。当時はそういう女性を〝壁の花〟と呼んでいた。その反対に何故か私には声をかける人がいた。胸や腰はすでに膨らんでいた。母譲りの体型であった。繰り返すが、そんな娘を何故あのようなところに……。

戦後流行った社交ダンスは、明治時代鹿鳴館《ろくめいかん》で踊った社交ダンスと同じではあったが、米軍の進駐と共にジャズ音楽が入ってきて、テンポの速いジルバを踊る男女も増えた。特にこのジルバは、マナーや品にこだわらない若者が好んだ。

その夏私は、ダンス教室に居合わせた不良大学生に恋をした。ポマードで固めた髪のかたちや、着ているシャツの派手な柄、言葉遣いから不良と分かったが、ダンス音楽とそのリード力には魅力を感じた。何よりもジルバが好きな若者だった。

しかし、秋風と共にその恋の終わりを知らされる。その大学生は、この教室の常連である二十代の女と、以前からいい仲だったと知る。文士久米正雄、漫画家横山隆一なども協力した、鎌倉カーニバルの最終日の夜、二人が身体を寄せ合って海沿いのダンスホールに入っていく姿を目撃する。

母が〝チヨさんがね〟と言わなければ、あの傷を受けることなく……、と老年の今思う。病人の介護で疲れ果てた母の心底は、今でも不明である。

やがて夏はこれで終わった、と思うと同時に、S学園の友人たちの顔が浮かんだ。ともかく付属幼稚園時代から続いている友人たちに会いたい。その思いに救われて遠距離通学に戻った。東京に住む友人たちは元気な顔で登校していたので、安心した。昼休みに図書室に入り、本を借りた。

傷付いた心の穴を埋めたのは、車中で読む文学書であった。横須賀線は当時東京駅始発だったので、座席に腰を下ろすことができた。S学園の図書室で借りた本をすぐに広げる。夏目漱石『草枕』『坊ちゃん』『こころ』、芥川龍之介『河童』『羅生門』『蜜柑』などを読む。さらに、白樺派に興味を持ち、武者小路實篤の『幸福者』と『詩』を読み、志賀直哉の長編『暗夜行路』短編『小僧の神様』を読む。實篤の詩の一つに、『耶蘇は生まれた今日』があった。

（前略）

この人を見よ、
この人こそ
地上最上の人である。
身を殺して魂を生かす道を踏んだ男である。
（後略）

キリストを讃える言葉が、詩という文学によって書かれている。聖書とは違う味わいが感じられ、新鮮な印象を覚えた。未熟な読者ではあったが、読むほどにその快感は増した。さらにその翌年に亡くなった林芙美子の『放浪記』短編『晩菊』を読む。

あれこれと読んでいるうちに、私小説作家尾崎一雄氏に辿り着く。

氏は三十歳の時、奈良市に向かう。師と仰ぐ志賀直哉を訪ね、そのまま志賀邸付近に間借り生活を始めた。生活の沈滞の打破、尾崎一雄の文学世界を築くためである。その間、師のような優れた作品が書けないと悩む。そして必死で格闘する。その結果、〝きわめて平凡な真理〟に気が付く。それは、〝あひると白鳥は別物だということ〟そして、〝志賀さんは高々とそびえる松の木だ。自分は便所の陰の八ツ手にすぎない。〟という言葉で語られている。

それらの言葉は、〝みそっかす〟〝三文安〟と言われ続けている私の心に染みた。

尾崎氏は奈良を離れ、二年後に結婚し、牛込に新居を構える。その数年後、自由闊達に書いた『暢気眼鏡』が芥川賞を受ける。

氏にファンレターを書くきっかけになった作品は、昭和二十七年一月、別冊小説新潮掲載の短編『悪い時には』である。有名な『暢気眼鏡』や『虫のいろいろ』ではなかったことをはっきり覚えている。その時私は高校二年生になっていた。その一文を引用する。

昭和十四年といふ年は、私にとって、好くない年だった。一月に、二三年病んでいた上の弟が、郷里の下曽我の家で死に、四月には、病み出して一年ほどの下の弟が、小田原の妹の所で死んだ。三十二と三十六だった。九月になって、六月に生れた私の次男が、入院二ヶ月ののち、生後九十日で死んだ。

著者は胃潰瘍出血で療養中である。四十枚に満たない作品だが、私はこの作品に感銘した。その感銘には尊敬と憧れ、さらに共感が加わった。

長谷東町の家にも、悪いことが続いていた。ある日、学校から戻り、四畳半の部屋に入るとすぐに、茶の間にいた母から「ちょっと来なさい」と声がかかった。

いつもより少し改まった様子だったので、不審に思いながら障子戸を開けた。

卓袱台の前には、多見子も座ってぃた。

「少し前に、石井先生の所から帰ってきたところなの」

その石井医師は、父の主治医であり、同じ由比ヶ浜カトリック教会の信者でもあった。

「先生に検査をして頂いてね。その結果、多見子姉さんが、結核に感染していることが分かったの、それでこれからしばらくは、療養することに」

私は黙っていた。思いは溢れていたが、返す言葉が見付からなかった。三姉雅恵から感染したのだろうか。私は、五姉安紀子、多見子と同じ部屋で寝ている。どうしてこんなに悪いことが続くのか。その疑問が、文学への足掛かりになろうとしている、と分かっていても、答えが出るわけでもない。

『悪い時には』の最後の言葉が心に残る。

悪い時には、じたばたせぬ方が良い。じたばたしたら悪い時はさらに悪い時を呼ぶだろう。当時は〝プライバシー保護〟という言葉もなく、出版社も新聞社も、往復葉書にこちらの住所を書いて、著者の住所を教えて頂きたい、と言葉を添えると、すぐにその住所を送り返してくれた。

私はただ一生懸命に手紙を書いた。どのような文を書いたか、今は全く覚えていないが。封筒の表には、〝小田原市下曽我《しもそが》……〟の住所を書き、裏には鎌倉市長谷東町……と書き、切手を貼って、バス通りの赤い郵便ポストに投函した。ポストの底に落下した音が聞こえるだけでも、胸が熱くなった。

話はこれで終わっても可笑しくはなかった。私はそれまで二三の有名作家にファンレターを送っている。もちろんどの作家からも返事はない。それでも書いて送る。それは私の若い情熱によって動くペンの業に過ぎなかった。

一通の葉書が郵便受けに入っていたのは、その一週間ほど後である。木造の塀に取り付けられた郵便受けは、やはり木造で古びた色を滲ませていた。

裏蓋を開け、それを最初に手にして、見慣れない名の差出人を確認してから、すぐに私の手に渡してくれたのは母である。何か声をかけられた気もするが、覚えていない。淡々とした態度だったと記憶する。すぐに書きなれた達筆の字で、〝尾崎一雄〟と書かれた文字が、私の眼に入った。その裏面には、

病人を慰めようというお便り、有り難く……

と書かれていた。

母と違って若い娘の私は喜び、何度読み返したことか。夜は、葉書を枕元に置いて眠った。もちろん返事は書いた。それから氏との文通が始まった……。(現在でもその数通は保存してある)

子供の数が少なければ、戦後の混乱期でなければ、複数の病人がいる家でなければ、有名作家に〝ファンレターを書いて送ったら、返事が届いた〟という話も、家族に伝わり、茶の間の話題として大いに盛り上がったかもしれない。しかしこの事実は、私の文学への思いがさらに高まっただけで、家族の話題になることはなかった。もちろん兄にも伝わらなかった。母はいつも通り介護の暮しに戻り、多見子は、薬、体温計と共に暮らすようになり、私は遠距離通学を続ける。

長谷東町から、鎌倉駅西口まで徒歩十数分を歩く途中、六体の地蔵の並ぶ〝六地蔵〟という地

域があった。朝礼の鐘が鳴る八時二十分までに九段のS学園に着くために、私は毎朝六時台にその前を歩いた。近くには、由比ヶ浜カトリック教会もあった。

早朝その辺りを歩く時、思い浮かぶ言葉があった。それは、

〝いつまで〟そして、〝いつまで、こうしていられるのか〟

という思いだった。かつて使用人たちの囁きを聞いた記憶もある。十字架にも地蔵にも祈りたい気持ちだった。大学の文学部に行きたいと思っていた。できれば尾崎一雄氏の出身校早稲田大学に入学したい。

しかし、それを口に出せる環境にないことは分かっていた。母も、東京神田に店を持ち小石川に何とか家を建てた兄も、何も言わなかった。そのなかで私は受験勉強を始めていた。

五　居候の受験

母が過労から血を吐いて倒れたのは、高校三年の夏である。母からも姉たちからも病名は聞かされなかったが、それが関東大震災の後発病した結核の再発であることは、周りの空気や〝消毒〟などという言葉に現われていた。医師の往診、派出看護師の出入りがあり、電話のベルも始終鳴った。兄はすぐに来て、仕事があると言いすぐに帰った。東京住いの長姉登代子《とよこ》も市川市住まいの次姉加也子も駆け付けた。父は相変わらず寝たきりであった。

数日後、安紀子と私宛に兄からの手紙が届いた。封を切って便箋を開くと、その縦の線も無視した走り書きの、乱暴な文字が現われた。

〝これ以上、病人を増やしたくない。二人ですぐにこちらに来なさい〟

と読めた。

否も応もなかった。私は翌朝、参考書や身の回り品を担いで東京に向かった。残るは療養中の多見子、後家の伯母、古い使用人だった。安紀子の婚約者が〝司法試験に合格した〟というニュースが入っていたが、私は無力な末っ子のままだった。

かつて父が家を建てた、小石川切支丹屋敷跡の家は戦災で焼失したが、その地に兄は、小さな平屋を建てた。その頃は四人の子持ちになっていた。従って空いている部屋などなく、応接室として造った洋間の家具を隅に立てかけ、床に布団を敷いた。兄は相変わらずの毒舌で「居候が二人増えた」と繰り返した。その夜はいつもと違う空気を吸いながらも、辛うじて眠った。

翌朝から、その家での暮らしが始まった。

……その日々を思い出そうとすると、歌舞伎の舞台で覚えた〝紗幕《しゃまく》〟が落ちる。幕の内側にいる役者が見えたり消えたりするあの風景に似た映像が浮かぶ。

今記憶の中で照明のスポットが当てられているのは、六畳の茶の間にあった古い卓上の電話機である。六ヶ月のあいだ、私はあの電話の受話器を手にすることはなかった。兄の妻小夜子が常々〝電話代は高い、節約する〟と言っているからだった。鎌倉の家で療養している母の声がどれほど聞きたかったことか。母はまだ床から起き上がれないのか、電話をかけてくることも、手紙を送ってくることもなかった。

かつて母から〝気兼ね〟という言葉を教えられている。

それは疎開して間もなく、家から少し離れた佐川さんという農家を、五姉安紀子と訪ねた時のこと。東京の羅紗商人、さらにこの茨城の地主でもある父の力がどれだけ影響していたか、何も知らない子供であった。昼になって囲炉裏のある部屋に昼食が運ばれてきた。白いご飯に味噌汁、漬物、大きな生卵が何個も運ばれてきた。

「家の鶏が、今朝産んだもんだ」

という。そして卵を割ってそのままご飯の上に乗せる。その後運んできた農家の主婦は姿を消す。安紀子と顔を見合わせる。東京麴町にいた頃は、生卵と言えば、黄身と白身を箸でよくかき混ぜて、白身の粘りを消してから口にしている。黄身はともかく殻から出たままの白身は喉を通ると思えない。それにしても見事な生卵である。黄身も大きく白身は弾力を感じさせる。……しかし、このままでは食べられそうにない。どうしたら良いか。答えが出ない。一年四ヶ月先に生まれた安紀子は私より知恵があった。

「この白身、ここの灰の中に捨てよう」

目の前の囲炉裏を指差した。私は頷き、白身を灰の中に落とし潜らせた。そして黄身だけで一膳を平らげた。再び主婦がやって来た。空になったご飯茶碗を見て、

「お代わりだね」

と言って、また同じことをした。家の鶏が産んだばかり、という卵の白身が目のまえでその存在を示す。私たちはまた同じことをしなくてはならなかった。

利根川の土手沿いを歩く帰り道、あの家の人はいつか灰の中の白身に気付くだろうと思い、気になってならなかった。

つまり、慣習の違い、食生活の違いがあるが、その時その家の人に、その話をすることができない、という体験をしている。十里という部落名の家に戻って、私たちは母にその経緯を話した。母は笑って聞いていた。

しばらく経って、漢字の書き方とその意味を勉強している時、母に質問をした。

「お母さん〝気兼《きが》ね〟っていう言葉の意味を教えて」

母は膝を叩き、

「それはね、おまえたちが、佐川さんの家に行って、困った時の気持ちのことさ」

と答えた。私は苦笑いしながらも納得した。

それからの小石川の暮らしは、あの体験を思い出す日々になった。

兄は、父の店の復活に精を出し、朝は早めに家を出て、夜は子供たちと別の部屋で一人ゆっくりと食事をした。酒は飲まなかったが、妻小夜子はいつも肉を添えていた。

二番目の女の子が、障子越しに「私、肉好きなんだけど」と食べたそうな声を出しても、父親である兄は知らん顔をしていた。妻と子供たち、そして私は使用人部屋で、質素な食事を取った。

そんな折、兄の妻に「好きな食べ物は、何」と聞かれた。「紅生姜《べにしようが》」と答えた。

値段の安いものが良い、と思ったのだ。元々、梅干しなど酸っぱいものが好きであった。その晩、食卓には紅生姜が乗っていた。「有り難う」と私は礼を言ったが、それで腹がふくれるわけではなかった。

兄は私と顔を合わせると、

「女が大学に行っても、発展性がねえ」

という言葉を繰り返した。私は反論せず黙っていた。すると兄はこんなことを言った。

「女は良いな、子宮さえ丈夫なら、一生飯を食っていける」

確かに兄は、稼いだお金で妻子を養っている。

「〝男は額に汗を流し働く。女は苦しんで子を産む〟これは聖書の言葉、とお母さんに教わった」

母が神田カトリック教会で洗礼を受けたとき、大正四年生まれの兄は、十歳前後で、まだ強い反発力はなかったと思われる。そして十代の微妙な時期、三人も子供を産んだ母親の姿を見ている。大きな腹を抱えて家のなかを歩く母親を、母ではなく女として見ていたのでは……。

その兄が、

「おまえも子宮は丈夫そうだな」

と言って、眼鏡の奥の眼を光らせる。

文学の勉強を、特に人の心の内部を見詰めている私には、身体への視線は屈辱的に思えた。同時に、洗脳されていくような嫌な予感も湧いた。疎開地で約三年同居した兄の長男真一は小学生になっていて、時折私の部屋を覗きにきた。そして不意に〝相撲を取ろう〟と身構えた。仕方がない。私は立ち上がり相手になった。いくら相手が男子でも、九歳年上の私の力は強かった。私はすぐに真一を寄り倒した。嘘でも負けてやる気はなかった。兄にそんな心遣いは教えられていなかった。べそをかいた真一は部屋を出て行った。

……私は八人の子供を産んだ母の血を受け継いでいる。気性は父に似ていると言われているが、胸は日ごとに母のように膨らんでくる。相撲取りに例えれば〝あんこ型〟だが、若さのせいでまだウエストは細く保たれている。内部にもそれまでになかった好奇心が湧いている。

洋間に戻り、辞書を開いたり、日本歴史年表を暗記したりしながらも、狭い家の中のこと、兄の様子が気になってくる。電話のある部屋で一人夕食を取ると言っても、その部屋で、一人寝るわけではなかった。その部屋から続く和室に、布団を敷いて、妻と四人の子供と眠りに就いていたのである。

〝和気あいあい〟としている、と思えばそれまでだが、疑問も湧く。

〝昼間は女性嫌悪者のように毒舌を吐いているのに、夜だけはどうして違うの〟

という問いだった。

そのせいか分からなかったが、兄と妻の仲は悪くないように感じられた。日々の経費節約を、母が浪費家だったことと比べて、「感心だ」と褒めることもあった。兄の妻と母は〝嫁と姑〟という関係を持つ。戦時中〝銃後の妻〟と呼ばれた息子の嫁を守りながらも、母にもそれ相当の権力があったと思われる。父が健在だった頃は、その力も加わってのことだ。兄が復員してきた時の妻の喜びは計り知れない。

これらの体験は、後に私が嫁となった時に多いに参考になっている。

安紀子は結婚資金を貯めるため、日々兄の店に出勤し、タイピストとして働いているのだった。その姉と相手の司法修習生の動きも気になっている。時折その男も訪ねて来る。〝将来性〟という言葉が周囲から洩れてくる。それが夫を選ぶ第一条件なのか。新たな疑問も湧いてくる。

尾崎一雄氏との文通は、小石川の家に移って以来途絶えていた。転居の知らせを書き送ることはできたが、この兄の家に氏の便りが届くことには躊躇いがあった。この家の郵便受けは、兄とその妻が開閉する。私はその蓋を触ったことはない。もし尾崎一雄氏から届いた便りが、兄の眼に触れたら、私が文通していると知れたら……と思うだけでも身体が震えた。もしもその手紙を破かれるようなら、

……ああ、神よ、お助け下さい

悲痛な声が出せないまま、喉を刺す。

兄の妻は、受験日の前日和菓子を買って来てくれて、私に与えた。〝練り切り〟という母も好きだった高価な菓子だ。私は礼を言い受け取った。白と薄桃色の練り切りを口に入れると同時に、今日この練り切りを食べなくても、母の声、その励ましが聞きたい、と思った。堪らなく母に会いたかった。

今になると、それは心の落ち着きを取り戻したかったのだと思う。半年間、母に会うことも、電話をかけて声を聞くこともなかった。結果として早稲田大学に入ることは叶わなかった。不合

格になったのだ。

あの時もし母と話ができたなら、母はきっとこう言ってくれただろう。

〝憧れの作家さんから手紙の返事が届いて、どんなに嬉しいか分かるけれど、それとあなたの進学とは別に考えた方が良いと思うわ〟

私はその先を待つ。

〝貴方の分に合うのは、幼稚園から入ったS学園の短大だと〟

なるほど、と頷く。

〝ともかく少し落ち着きなさい〟

すべて手遅れと分かっているが、そんな言葉が、紗幕の奥から流れてくる。

今思うと、私は敏感過ぎた。もっと鈍感になっていれば、と悔やむが、良い意味の〝鈍〟になれなかったのは、性分なので仕方ない。

その年の四月、鎌倉に戻ったが、鶴岡八幡宮の満開の桜が黒く霞んで見えるほど、私は周囲にも自分にも絶望していた。母は、「お帰り」と言って私を迎えてくれが、その他は何も言わなかった。

それから数ヶ月、私は水道橋にある〝研数〟という予備校に通ったが、夏以降通うのを止めた。悲しいことに、家族の誰もそれを咎めなかった。

家では、安紀子の結婚の準備が始まっていた。病の癒えた母が、張り切って動く姿が不思議に思えてならなかった。

六　鎌倉座

現在住んでいるところは、由比ヶ浜という町名で、その名の通り由比ヶ浜まで歩いて五分、という住宅地だが、当時の住所は〝乱橋《みだればし》 材木座《ざいもくざ》〟という町名だった。乱橋はかつて鎌倉十橋《とはし》の一つだったそうで、水道路という地域に石碑もある。昭和三十九年、由比ヶ浜という町名に変わった。〝青あらし〟はこの地で起きている。

母は、私が予備校に行かなくなると、すぐに、

「お兄さんの店で働かないか」

と言った。私は首を横に振った。兄への恐怖心は依然として消えていない。

それならば、と言って、長姉登代子の再婚先、Tという自動車メーカーの子会社、そのオートバイ店に連れて行かれた。JR田町駅から少し歩いた小さな神社の近くだった。オートバイが並

んでいる隅に事務の机が二つあり、私はその一つに座って日々の収支を書き記すことを教えられた。しかし見回しても、社員は油の匂いのする作業服を着た男性ばかりで、他に女性の姿はなかった。私は日々その男性たちの視線を浴びることになる。

長姉夫妻はその二階に住んでいた。長姉は子供たちを最初の夫の元に残してきたので、私を話し相手にしたかったようで、仕事が終わった後、近くの喫茶店に誘い、コーヒーを飲ませてくれた。その店は〝クイーン・ビー（女王蜂）〟という名前だった。私は印象的なその名を頭に刻んだ。長姉はその店の女主人を〝クイーン・ビーのママ〟と呼んでいた。四十前後の姉と同世代で、姿勢が良く凛とした女性だった。

一週間もしないうちに私は気付いた。この三田界隈は、慶應義塾大学の街と言われていることを。クイーン・ビーにも、ペンマークの帽子を被った大学生はやって来た。街には当時流行っていた〝ブックバンド〟に本をまとめ、それを軽快に揺らしながら歩いている学生が多かった。他のことはともかく女子学生の姿を見ると、心が騒いだ。そのうちに一人の作業員が、早朝、田町駅の改札口で私の出勤を待つようになる。その作業員は戦災に遭い、片方の頬に火傷の跡を残していた。作業員は私に会うと嬉しそうに笑っていたが、笑うと頬が引き攣れて痛々しかった。気の毒な人と思ったものの、毎朝その男性が待っている姿を見るのは苦痛であった。次第に業務が手に付かなくなった。

家に帰って、母にその話はしなかった。当時は〝ストーカー〟という言葉もなく、大学に関しての奨学金制度の知識もなく、家族のアドヴァイスも何もなかった。私は三ヶ月間耐えたが、その後出社拒否をし、家の二階に引き籠った。その頃は疎開先から戦後にかけて同居していた母の姉もいなくなっていた。

そして、以前から買ってあった四百字詰め原稿用紙を、机の上に置いた。

その秋、安紀子と司法修習生春山氏との結婚式が無事終了した。

二人は、春山夫妻と呼ばれるようになった。夫妻は、東町から歩いて数分の佐助に住み、頻繁に家に顔を出した。新婚の夫妻はいつも体を寄せ合い、火照った顔を近付け、甘い言葉を発していた。〝人前で何やっているの〟と、冷ややかな眼で見ているつもりでも、心や血が騒ぐのは、健康な身体を持つ妹として致し方のないことだった。

翌年、私は初めてこの乱橋材木座の住所を知った。賑やかな披露宴の後、義兄となった春山と同年配の友人、佐々木に、

「文士里見惇《さとみとん》氏が顧問になっている、アマチュア劇団に入らないか」

と誘われた。劇団の名は〝鎌倉座《かまくらざ》〟と聞かされた。

後になって知ったが、佐々木は著名な歌人の息子だった。当時の鎌倉には、そうした著名人の息子、娘という人が多く存在した。東宝映画で働いている、と言っていたが、戦時中動員などで

苦労したのか、年齢より老けた印象があった。

私は演劇にはさほど興味がなかったが、文士の名前に心惹かれた。主催者はその息子たちであるという。

兄の家に暮らして以来、尾崎一雄氏には手紙を書いていない。その事がいつも心に引っかかっている。文通が継続できなかったことを謝りたいが、謝るすべも思い浮かばない。挫折続きの自分に恥かしさを覚え、そのままにしている。

翌年春の夕暮れ、私は佐々木と共に、市内の里見惇邸に向かった。住所は小町と聞いていた。そこの広い洋間が、芝居の稽古場になっているらしい。当時は〝裏駅〟と呼んでいた現在の鎌倉駅西口から北に数分歩き、里見氏〝ご本宅〟の門を潜った。何かが起こるような期待に胸が弾んでいた。

夕闇に浮かぶその建物は大きな二階家で、威厳を放っていた。門柱の表札には本名なのか〝山内《やまのうち》〟という文字が書かれていた。

少し歩いて裏口から入ろうとすると「あ、だれか来た」という子供の声がして、そこに四、五歳の男の子が現われた。そしてすぐに、

「あ、佐々木さんだ」と言った。

佐々木は「こんばんは」と言って子供の頭を撫でた。

それは予想していない光景であった。佐々木と私はそのまま上がり、食堂と思われる部屋の椅

子に腰かけた。次男鉞郎《えつお》夫妻が子供と共に、そこで座員の到着を待っていた。次々に座員が訪れる。男性も女性もいる。勤め人になっている年齢の人も、三十代という年齢の人もいる。男性も女性もいる。惇氏の四男山内静夫《しずお》も美しい妻愛子と共に現われる。二十人程集まっただろうか。

一同は、広い稽古場に移動した。

私はそこで、先輩の劇団員に紹介される。一人ひとりにお辞儀をして、「鈴田須江子です。よろしくお願いいたします」と言った。

それから辺りをそっと見回し、有名文士の姿を探した。

しかし、惇氏は、皆が〝ご本宅〟と呼んでいるその家に住んでいなかった。住んでいたのは和服を着た美しい里見惇夫人と次男夫婦とその幼い子供だった。

「先生は何処にいらっしゃるのですか」

と訊ねると、

「父は、〝別宅〟を仕事場として、一人で住んでおります」

次男鉞郎はそう言った。その返事で、何かを察すればよいものを、世間知らずの私は、飛んでもない言葉を発した。

「まあ、お一人で、それでご飯など炊く人はいるのですか」

「あ、はい、それは、……おります」

湯飲み茶わんを手にしていた鉞郎氏は、それを慌ててテーブルの上に置きながらそう言った。

周りからは微かな笑い声が洩れていた。

私は事情を理解できないまま、その劇団に入ることになる。

歌舞伎見物が好きだった母は、反対することもなく快く送り出してくれた。二階に引き籠っているよりはまだ増しと思っていたのかもしれない。

やがて鉞郎は東宝映画、静夫は松竹映画で働いていることを知る。三男は東京に住みNHKの職員と聞いていた。山内兄弟の他、劇団幹部として、山本栄一《やまもとえいいち》という人物が存在した。自己紹介をする折り、手を椅子の端に添え、ゆっくりと立ち上がった。足が悪い様子だった。

「拙い戯曲を書いております。牧場《まきば》創《はじめ》、という筆名です」

と言い、

「いつか地方に移住して、牧場を持ちたい、と思って付けた名前です」

と加えた。牧場を……、私は頭のなかに、広く長閑な牧場の風景を浮かべていた。その悪い足は、幼少時に股関節炎を患った結果と知った。

その山本氏は、惇夫人を「班長殿《はんちょうどの》」と呼んでいた。妙な気がしたが、改めて考えると、稽古場の挨拶で「座長です」と名乗った人はいなかった。そして夫人も班長と呼ばれ、否定することもなかった。別宅にいる作家里見惇、その主人の代理として存在しているようにも思えた。その稽古場で、私は、演劇青年でもある大学生と知り合うことになる。名前は倉田泰志《やすし》、大学三年生で年は私より一つ上だった。

間もなく芝居の演目が『男性動物』（The male animal）と発表され、配役が決まった。松竹大船撮影所でニューフェイスと呼ばれている藤《ふじ》とも子が主役。テレビが普及し始めた頃で、時折出演している中原協子《なかはらきようこ》はその友人。佐々木の会社の後輩杉田《すぎた》、倉田の学友松原《まつばら》は、女性二人の相手役に。山内兄弟がその脇を固める。

公演日は、十月三十一日午後一時より、会場は市立第一小学校の講堂。

と発表される。協子は短大卒と言っていた。どちらの女性も美しく、アマチュアの域を越えていた。当時はそうした印象を〝垢抜《あかぬ》ける〟と言っていた。

そして新入りの私にも小さな役が付いた。

倉田は慶應義塾大学の演劇部に所属していて、今回は初の演出を担当する。稽古は、午後七時前後から始まって、九時前後に終わる。鎌倉在住の人がほとんどだが、松原は隣の逗子市から通っている。まもなく倉田は「僕の家は、乱橋材木座だよ」と教えてくれた。帰る方向が同じだった。裏駅に近い、里見惇邸から六地蔵方面に向かう道を真っ直ぐに歩く。バス通りに出て右と左に分かれ、私は長谷東町の家に向かう。その頃、私を鎌倉座に連れてきた佐々木は、責任を感じているのか「倉田には気を付けろよ」と言った。「普通部時代、子役で抜擢され、以来高校大学の演劇部で、かなり派手にやっているそうだ」と加えるが、あまり気にならなかった。

稽古は、未だ蟬が鳴いている八月末から、秋風の吹く九月十月と続いた。

新入りの私は座員の名前を覚えると同時に、その人柄や家族構成を知るようになる。山本栄一は年上の妻と女の子と笹目という地域に住む。倉田泰志と逗子市の松原晴彦は慶應幼稚舎からの同級生、早稲田大学の学生も二人いて、一人は私の家近くの寿司店の息子、などと。稽古が本読みから立ち稽古へと進んだ頃、日中に惇氏ご本宅の庭、つまり稽古場の庭で、大道具を拵えたりもした。緑の芝生が高い樹木に囲まれた広々とした庭だった。倉田は大学の公演でもその仕事をしていると言い、慣れた手付きで、金槌、鋸、鉋などを使っていた。次の日は台所に入り、鍋で糊を煮始めた。杓文字を持って搔き回す手付きも慣れたものだった。驚きながらその様子を見る私に、

「正麩《しょうふ》を使うと良い糊ができる」と教えてくれた。そして組み立てた道具に紙を貼り、さらに色を塗っていた。それらは稽古場とは違う長閑な風景であった。

帰りは、多人数になることもあったが、少人数のこともあった。あの話を聞いたときは五六人だったと思う。稽古が大詰めになったその日の帰り、遅い時間に六地蔵方面に向かって歩いている途中、だれかが少しふざけて、

「親父の方が早く帰っていると、まずいかな」

と言った。笑い声がしばらく湧き、それが収まった時、

「ぼくに親父はいない。母と弟の三人暮らしです」

という泰志の声が聞こえた。私の耳にそれは確実に入った。寝たきりの父の姿が浮かんでいたが、その場では言わなかった。しかし、本番までには話したいと思った。

「私、父はいるけれど……、何年も前から寝たきりで」

と話したのは本番三日前のことだった。

「そうだったのか、少し影がある、と思ってはいたが」

そんな言葉が返ってきた。

最初の顔合わせから始まって、〃本読み〃〃立ち稽古〃の繰り返し、やがて舞台稽古になり、本番の日を迎える。この日に辿り着いた喜びはあるが、緊張感はその何倍もある。裏方も忙しい。何があってもミスは許されない。

そして当日『男性動物』の幕が開き、場面が何度か変わり、……無事幕が下りた。

そこまでは、いくら演劇未経験の私でも、想定できる範囲であった。メーキャップを落として向かったのは、いつもの稽古場であった。秋の風を感じながら、〃反省会〃をするのだろうと思う。確かに「反省会だ」と呟きながら歩いている人もいた。

十数分歩いて到着した時、佐々木その他古い座員たちの口から飛び出していたのは〃打ち上げ〃という言葉だった。花火の〃打ち上げ〃なら聞いたことも見たこともあるが、芝居の〃打ち上げ〃は経験したことがなかった。

馴染みの稽古場には、乾杯のグラスが置かれていた。酒の瓶も並んでいた。

「皆さんご苦労さんでした」

山本栄一氏が、そう言って乾杯の音頭を取る。

「乾杯」

「かんぱい」

という声が湧き上がる。反省会のような言葉も交わされたような気がするが、私はよく覚えていない。殆どの男性が酒を酌み交わし、喉に流し込む。女性はそれほどではない。しかしこの風景のなか特に驚いた様子は見られない。〝反省会〟らしき発言は少しだけあったが、〝打ち上げ〟が酒の宴であることに驚愕し、目を丸くしているのは私一人のようであった。

乾杯で、グラスの中味を少しだけ飲んだが、酒が身体に合わない私はそれ以上飲むことはしなかった。周囲もそれ以上勧めなかった。山本氏は、酒を飲まなくてもすぐに調子に乗る私を見て、

「きみは、素面でも酔っぱらっているような印象があるな」

と言った。

「飲まないと、つまらないでしょう」

という人もあったが、そのお陰で、酒の席の記憶を多く残し、書き留めることができる。

それぞれ芸達者な人たちで、ほろ酔い機嫌のままに、隠し芸の発表が始まる。

山本氏は新劇俳優の物まねをして、周囲を笑わせる。役者としてもかなりの経験があるらしい。パントマイムを見せる人もいる。大正時代の流行歌〝枯薄《かれすすき》〟を歌う人もいる。そのなかでも惇氏四男静夫氏の歌う〝田原坂《たばるざか》〟は圧巻であった。

前置きで、こんなことを言う。

「これは、大船撮影所の打ち上げ時、ご存じの笠智衆さんが、いつも歌われるものです。本物には及びませんが……」

歓声が挙がった。小津安二郎監督、原節子、笠智衆主演の「晩春」はすでに公開され、評判になった映画だった。テレビのない戦後、人びとは娯楽を求めて映画館に足を運んだ。私は市川市にいた十代の初めから、姉たちと一緒に和洋の映画を観ている。

雨は降る降る　人馬は濡れる
越すに越されぬ　田原坂
右手《めて》に血刀　左手《ゆんで》に手綱
馬上ゆたかな　美少年

それは原曲の民謡のような長い節ではなく、歌いやすく耳にも優しい節にアレンジされていた。田原坂というタイトルを聞いた時は、受験勉強で暗記した〝西南の役〟一八七七年（明治十年）の数字を思い出したが、その歌声を聞き、振りを見た時に（特に二番になって、親譲りの美男子でもある静夫氏が、その血刀を持った手振りと共に美少年の見栄を切った時）それは消えた。後方に、本物の笠智衆が見えるようでもあった。そしてそれまで乾き切っていた胃袋に、甘露が数滴も流れた感覚を覚えた。

拍手をして歓声を挙げている人たちの顔のなかに、眉を顰めている人、不快な顔、もちろん怒りを浮かべている人の顔は見当たらなかった。どの顔も笑っていて愉快であった。しかし笑顔だけではない。私は長いあいだ忘れていた〝情緒〟という言葉を思い浮かべていた。

いつまでも手を叩いている私に、

「温泉まんじゅうさん、この歌が気に入ったようだね」

という声が聞こえた。

山本氏の声のようだ。すると、次男鉞郎氏、四男静夫氏、そして大学生倉田、他の座員たちも一斉に笑い出した。咄嗟のことで理解ができず、言葉も浮かばなかった私に、

「あなたのニックネームですよ」

と教えてくれたのは倉田だった。

「そんな」

母譲りの白い肌と膨らんだ胸を、まんじゅうと言われるのは仕方ない。しかし何故〝温泉〟なのか。

「湯気が立っている、みたい、なんだよ。君は」

山本氏が付け加える。

「湯気、ですか」

これまで数ヶ月、二階に引き籠り、憂鬱な日々を送っていたというのに。

あの日々、階下から「ご飯よ」という声が聞こえれば、降りて行き、母の手料理を口にした。三時のおやつもあった。東京神田の和菓子店で生まれた母は、大きな鉄鍋で〝餡子《あんこ》〟を煮るのが得意だった。鍋から上る、甘い香りの湯気が遺伝子となって、どこかに潜んでいるのか。恥ずかしくなり、手で顔を覆った。しかし、〝みそっかす〟〝三文安〟などに比べれば良い呼び名ではないか。

夜も更けて、ドア越しに班長殿こと、惇夫人の声が聞こえ、「そろそろ、お開きにしたらどうですか」という言葉に、一同は解散した。

稽古の時と同じに、乱橋材木座に住む倉田は、里見邸を出て、六地蔵方面に向かった。時間も遅いので、いつもの四つ角で別れるのは心細かった。その気持ちが通じたのか、大学生は長谷東町まで送って行くと言った。私は嬉しくて、並んで歩きながら質問を一つ放った。

「クイーン・ビーというお店知っているかしら、三田にある」

「知っているさ、よく行くよ」

「本当に」

私は嬉しくなって、路地でジャンプすると靴の踵が小石に当たり、少しよろめいた。当然のように倉田は私の身体を支え、抱えた。

「きみは可愛い、本当に可愛い」

耳元でそんな言葉が聞こえた。顔と顔が近付くと、酒の匂いが感じられた。そのまま唇を重ねた。

……二人とも健康な男女で有ったと書き加える。それ以上の描写は要らない。この夜は心地よい秋風が流れていた。青あらしのような強い風は吹いていていなかったからだ。

ふたたび歩きだす。倉田は私の肩を手で抱え、

「でも、どうしてクイーン・ビーを知っているの」

と囁く。

私は思い切って、その経緯を話した。

「何だ、早く言えばよいのに……、誰にだって失敗はあるさ」

穏やかな口調でそう言った。甘さの残る唇を動かし、「私の父は、寝たきり、なんです」

という家の事情を話した。

「そう」

頷いている倉田の表情はやはり穏やかだった。兄への恐怖心が薄らぐ気持が湧いていた。

家の前で別れる時、倉田は言った。

「僕の父親は、昭和十九年に四十一歳で亡くなった。母は三十五で未亡人になったが、再婚せずにいる」

家に入り、床に就いても、耳からその言葉は消えなかった。

七年間寝たきりだった父が、息を引き取ったのはその年、昭和二十九年十二月十二日だった。由比ヶ浜カトリック教会での葬儀ミサに、劇団代表として山本栄一氏、そして逗子市の大学生松原と共に、倉田が来てくれた。悲しみの中に嬉しさが湧いたことは、今でも覚えている。

七　恋の山路

翌年、私は満二十一歳になっていた。手に職を付けようと、市内の洋裁学院に一日おきに通うようになる。麹町で焼け落ちた羅紗問屋にはミシン工場もあり、ミシンの踏み方は子供の頃から身に付けていた。母はそれに反対はしなかった。

私は恋の道が険しいとも知らず、まっすぐに歩き始めていた。

「遊びに来いよ」と言われるままに、歩いて二十分ほどの倉田家を訪ねる。庭に案内される。飼われている巻き毛の犬よりも、手製というその犬小屋の外見に驚く。黄色いペンキが塗ってある。まるで大道具のようだ。未亡人の母親が着物姿で現われたので、挨拶をする。若くすらりとした体型の人だ。年齢も四十代で、六十代の私の母親とは全てが違っていた。泰志は長男で第一子なのだ。

「お茶でも、如何ですか」

と誘われ、茶の間に上がり込む。東向きに大きな仏壇がある部屋である。漆塗りなのか、上段には龍の木彫りの入った枠が見える。鴨居の上には亡くなった父親と思われる大きな写真額が置かれている。眼光も鋭く肩幅も広い中年男性である。

「これは亡くなった主人、倉田伊佐男《いさお》です。昭和初期の、慶應義塾大学のラクビーの選手でした」

そう言って、手を合わせた。髪の毛の黒々とした写真でもあった。白髪を見ないうちに、その生涯を終えたのか、という思いが湧いた。

別の日、泰志と海岸を散歩した。海浜公園の前を通り過ぎた時、

「親父が生きていた頃、この近くに住んでいた」

と教えてくれた。そして「すでにその地は売却して、今は有名企業の社員寮になっている」と加える。

「広いお家だったのね」

「ああ、庭で野球ができた」

「そんなに」

「今の家に引っ越す時、お袋は何もかも手放したが、じいやとばあやは連れて来た。他に行くところがない、と言うので」

台所のすぐ傍に、小さな家があったのがその住まいなのか。

バス通りに戻り、老舗〝風月堂〟に入り、コーヒーを飲んだ。

「これからは、泰志、と呼んでいいよ」

「有り難う、私は高校のクラスメイトに須江子の〝子〟を取って上に〝お〟を付けて、オスエと呼ばれていたの。だからオスエと呼んで」

そんな会話を交わした。

時には、座員が集合して、夜の映画鑑賞会も行われた、そんな時も隣り合った席に座った。入浴してきたのか、微かに石鹸の香りがした。

また別の日、二人で横須賀線に乗り、東京の土を踏む。

多摩川を渡ったところから、地名は東京都になる。品川駅で乗り換えて田町駅で降り、慶應義塾大学の東門を潜り、三田の山上に上った。旧図書館の建物を右手に見て、キャンパスを横切り、二階建ての蔵のような建物の前に到着する。

「福沢先生だ」

と見上げたのはそこに設置された胸像だ。立て札には、

〝今日の慶應義塾において、福沢諭吉先生存命中から存在する唯一の建物。日本の重要文化財指定建造物〟

と記されている。建物の外観は、黒地に白格子が斜めに入り、印象的である。

「これが有名な〝三田演説館〟だよ」

泰志の言葉を耳にしながら、館内に入る。聴衆が五百人前後入るだろうか、二階の左右にギャラリーが設けられている。演壇の上部にも福沢諭吉の演説像が掲げられている。

「ここで、芝居をさせてもらったこともある」

「……」

私は返事もできなくなっている。

「でも、ぼくたちの後片付けが十分でなくて、怒られた」

「それは大変、それで、どうしたの」

「もう一度、掃除をし直した」

内部にいる学生は、その重要さが分からなくなるのだろうか。泰志は〝幼稚舎〟と称する小学校からの入学で、在籍はすでに十年を越えているという。

諭吉はこの壇上で、

「諸君、ペンを取りなさい」

と声を上げたのだろう。それは〝何があっても〟という意味が籠められていたに違いない。私は壇に向かって手を合わせ、その場を後にした。

帰り道、倉田に、

「クイーン・ビーに寄っていこうか」

と言われたが、首を横に振った。

長姉とその二度目の夫は、その後郊外の団地に住まいを変えたと聞いていたが、店はまだそのままだった。つまらない噂を立てられたくはない。それよりも、遠い声の聞こえる演説館を見学した余韻を大切にしたかった。

その冬、慶應演劇研究会仲間の、クリスマス・パーティーが、銀座のある店で行われた。公式の会ではなかったと思う。私は泰志に誘われ、その親しい女友達として参加できたのだから。銀座裏の狭い店であったが、乾杯の声が消えるや否や、カウンター、椅子とテーブルの合間を縫うようにして、それぞれカップルは踊り始めた。社交ダンスの流行はまだ消えていなかった。

以前から同学年の南野《なんの》、黒木《くろき》などは、演劇部の親しい仲間と聞かされていた。南野は端正な顔立ちの女性とカップルになり、ずっと隣で踊っていた。時には肩を擦れ合い、会釈してまた離れ、また近付いた。私と踊る泰志と南野の身長はほぼ同じくらいであったが、外見と中身は全く違っていた。

ダンスに飽きた頃、再び椅子に座った南野と女性は、私たちと同じテーブルに座った。

南野は女性を、

「同じ部の、岡谷多和子《おかやたわこ》さんです」

と、紹介した。

「岡谷です」

と すぐに答える。笑顔ではあったが、頭脳明晰な印象を覚えた。やはり恋人同士なのだろう。酒のお代わりもあったと思う。南野は色白の倉田に比べると浅黒く、目鼻立ちも大きく、その輪郭も幅広かった。

その南野が突然歌を歌い出した。

その表情と歌い方、〝田原坂〟を歌った鎌倉座の山内静夫氏とは全く違っていた。酒の勢いなのか、分からなかったが、少し歯茎の見える口から飛び出した歌は、早口言葉か、と思うほどのスピードで流れた。それ故、歌詞が全く分からなかった。それもその筈……、歌は英語で歌われていた。スピードはさらに上がり、歌詞は舞台の上から落ちる紙吹雪のように、そのまま辺りに散った。

……やがて、その歌のタイトルが判明する。

OH! Susanna do not cry for me

お　スザンナ　泣かないでおくれ

この触りが繰り返されたからである。

曲はアメリカ、十九世紀の作曲家フォスターの歌〝おお　スザンナ〟だった。

南野は、この触りを、

ダンチュー　クライ　フォー　ミイー

と発音している。英語の歌が得意の様子だった。

「高校の時から、この歌を歌っているの」

岡谷が教えてくれる。どうやら、同じH都立高校の一年後輩で、慶應義塾大学に入学したらしい。

「受験勉強さ」

と言って南野は笑った。

この勉学と遊び心が混じり合うのは、H高校独特のものか。幼稚舎からエスカレーター式に大学生上がった倉田にも、S学園出身の私にもない空気を感じる。

私が通っていたミッション・スクールS学園が校則として掲げている三つの言葉は、〝勤勉、愛徳、謙譲〟であり、さらに信仰が加わる。

私はこの夜、H高校出身の慶應大学生、岡谷という女性と親しくなる。それは、青あらしの吹き始める前触れとも言えた。岡谷は男子学生ほど酒を飲まなかったので、女同士のお喋りを交わすことになった。こちらも鎌倉で劇団に所属していると話し、そして入団のきっかけは有名文士に会いたかったのだが、会えなかった。本当は文学が好きで、〝小説を書いている〟と打ち明けた。岡谷は特に驚いた様子もなく、

「お会いした時から、何かを〝持っている〟という感じ、がしていたわ」

と言った。H高校独特の表現なのか、お世辞が上手なのか分からなかったが、これまでそんなことを言われたことがなかったので、笑みが浮かんだ。この人と話していると〝何かを学べる〟

という気がしていた。その夜は終電の時間まで騒ぎ、お開きとなった。

年が明けて、寒の季節に入った。私は東京で岡谷多和子と二人で会うようになる。彼女の家は浜松町にあったので、その家に行くことも近辺の喫茶店に入ることもあった。話をするうちに、私より一つ年下と分かり、無駄に過ごした日々を改めて恥じる思いになる。三田の喫茶店でコーヒーを飲みながら

「昨年、父が亡くなったの」

と言うと、

「私の父は健在だけれど、母は早く亡くなって、今家に居るのは継母なの」

と教えてくれる。すぐ下の妹は実母の娘だが、その下の妹と弟は継母の子供という。家庭の事情に違いはあれども、二人を引き付けている共通点は、どちらも恋の山路を歩いている、それは男性に深い関心を抱いている、ということだった。

話にはいつも重みを感じた。

「今は、青春の特別な時間を過ごしている。でも、数日前ふと思ったの。今年初の授業の日、学生で溢れていたわ。その帰り道に、三田の正門から田町駅まで歩いていく学生のカップルをたくさん見て……」

聞いている私の頭に、若いカップルが群衆で歩く雑踏が浮かぶ。岡谷は澄んだ声で言う。

「私たちって、あのなかの〝One of them〟なのだ、と」

ワン ノブ ゼム
聞いている私は、無言でその言葉を噛みしめる。

それは、だれでもしていること、特別ではない、という意味にも繋がる。

どちらかと言えば近視眼的になっている現在の状況を、客観的にいや俯瞰的に見ている言葉に思え、教養と視点の幅が感じられる。何か一つ勉強したように、それにこの無力な私を、話し相手として選んでくれていることにも意味があるように思われる。

しかし、当時の私は、やはり恋する倉田と私の関係は、特別なものだ、という考えが捨てられなかった。十六歳の時に受けた心の傷がまだ残っていた。自分と同じように、相手にもこの関係を貴重に思って欲しい。

さらに、日々家のなかで見てきた二人の姉の顔が浮かぶ。四姉多見子のようになるか、五姉安紀子のようになるか……。自問しなくても答えはわかっていた。参考にはするが、どちらにもなりたくない、と強く思う。それはこの時点でどうにもならない感情だった。

書くことが好きな私は、しばしば泰志に手紙を書いた。封筒の上書きに〝乱橋材木座〟と何度も書いた。時にはその五つの漢字が光って見えることがあった。

岡谷にその話をすると、

「あなたって人は……」

と言い、後は無言になってしまった。

他にも違っている点があった。それは経済観念、その恐怖心であった。父親が大きな工場を所有しているという岡谷は、小遣いには不自由していない様子だった。私は三田でコーヒーの支払いをする時、財布の中味を案じた。日々母や姉たちに見るそんな翳りは岡谷の顔に浮かんでいなかった。

南野も泰志もこの春大学四年生になる。恋人泰志が就職について考えていることは、すでに知っていた。泰志の家の仏壇には四十一歳で亡くなった父親の写真が飾られている。訪ねた時に母親から聞いた話によると、その父は、かつて慶應義塾大学のラガーマンだったという。「跡を継ぐかと思っていたけれど、どういうわけか演劇に夢中になって」

と苦笑いをしていた。

出張中の満州で倒れた時、父は親族会社倉田商店の社長を務めていた。現在は父の従弟守男《もりお》が、社長業を継いでいる。

「その会社に入るのかしら」と私が聞くと、

「入れてくれるかどうか、分からない」と言う。

「どうしてなの」

「三代続いた会社で、親族の関係が複雑なんだ」

親族という言葉から、眉を顰めた兄の顔が浮かぶ。

「いくつか、他の会社を受けてみる」

と泰志は言った。

その折〝片親の子供は不利なんだ〟という言葉を聞いている。南野は日本橋近くにある文具問屋の息子で、そのまま跡を継ぐのか、就職試験は受けないらしかった。

〝人それぞれ〟という言葉が浮かぶ。

受験勉強に励んでいた頃、何度英和辞典を引いたことか。岡谷の言うように、

〝One of them という言葉もあるけれど〟

〝Variety ともう一つ単語があった筈〟

Diversity（多様性）という言葉が普及したのは、二十一世紀に入った、ごく最近のことである。

八　パントマイム

私と岡谷が喫茶店で会うことに並行して、泰志と南野がキャンパス内その他で会うことが続いていた。

その頃、しばしば泰志に、

「明日、南野がうちに来る」

と聞かされた。前日から泊りがけで来ることもあった。午前中に倉田家を訪ねると、南野が茶の間に座り、母親の作った味噌汁の椀を手にして、「よう」と笑顔を見せた。手元には、いつも芝居の台本、ノートなどが置かれていた。そして二人で三田の大学に行く。銀座などに行く時は私も同行する。同学年であったにも関わらず、泰志は南野に一目置いている様子だった。

二人はこの秋の卒業公演の準備に取り掛かっていたのだ。台本の表紙には、ソーントン・ワイルダー作『我が町』（Our Town）と書かれていた。南野がその演出を担当し、泰志はその主役の若者を演じるという。その恋人役など、殆どの配役はすでに決まっているらしかった。

「どうか、応援してください」

と南野に言われ、鎌倉座の公演もない時期なので、

「はい」

と頷いた。その「はい」がどんな同意になるのか、どれだけ深く微妙な意味があったのか、その時は全く想像できなかった。

ある日の午前中、いつものように倉田家にいた南野が私に言う。

「今日は、ぼくがあなたをお預かりします。銀座で美味しいカレーを御馳走しましょう」

傍らにいた泰志は何も言わず、少し緊張した顔を見せていた。

「泰志君は〝我が町〟で恋人役に決まった新入生M君とデートをします。まだ一年生で馴染みがないので、少し仲良くなってもらいたい、これは演出家としての希望です」

いつにない厳しい顔付きである。急のことで返事ができず、泰志の顔を見る。しかし、ただ頷くだけで、恋人らしい説明も言い訳も聞こえてこない。演劇の世界にいれば、〝こういうこともあり得る〟と思えども、衝撃が強く言葉が浮かんで来ない。記憶には残っていないが、もしかすると、「はい、分かりました」と言ってしまったかもしれない。言わないわけにもいかない空気がその場にはあった。

母親に挨拶して、三人で乱橋材木座の家を出た。

三人で歩いた。路地からバス通りに出て、裏駅に通じる御成通り商店街に入った。見慣れている老舗の酒屋の前にきた。

その時、その店の壁時計を見た泰志が、

「あ、乗り遅れるかもしれない」

と言って、一人走り出した。突然のことだった。見る見るうちに泰志の背中が、ベージュ色のジャケットが遠くなり、小さくなり、そして消えて行った。おそらく待ち合わせの時間、場所など決められていたと思われる。

「行ってらっしゃい」

走っていく泰志に南野はそう声をかけていた。遅れて鎌倉駅に着いた時、もう前の電車は発車していた。南野と二人乗った横須賀線の車中、私は心が騒ぐのを抑えることができなかった。最初の頃、紹介者の佐々木に「倉田には気を付けろよ」と言われたことが、やっと分かった気がしていた。新橋駅で降り、銀座の街に向かった時も、有名レストランに入り、カレーの皿が運ばれた時も、消えて行った泰志の背中が目に残り、辛さだけが喉に広がった。

「最高の芝居にしたいと思う」

南野は素早い速度でカレーを平らげ、そう言った。さらに、

「この芝居に、青春時代のエネルギーをすべて注ぐ」

と加えた。私は返事の言葉も浮かばなかった。今頃、泰志はこの東京のどこかで、演劇部の女

優Mと会っている……、そう思うだけで表情が硬くなった。南野は、

「僕の家は、日本橋に近いビル街で、鎌倉のような長閑な空気はありませんが、一度、泰志君と遊びに来てください」

と言った。その後、南野と別れ一人家に帰った。その夜、泰志からの電話連絡を待ったが、そのベルは鳴らなかった。


『我が町』の稽古は、本読みから立ち稽古に入っているらしく、泰志は日々大学に足を運んでいた。ベージュ色のジャケット姿を見送ってから、一週間後にやっと電話での連絡が入った。

「マルセル・マルソーの、パントマイムを、見に行こう」

「ああ、今話題になっている人ね」

「ティケット二枚頼むからね」

「ええ、ぜひ」

少し先の日時を聞かされ、電話は終わった。それでも私の胸は躍っていた。

その年、フランスからパントマイム・アーティスト、マルセル・マルソーが来日した。公演はお堀端に近い東京の劇場で行われる。「パントマイムの神様」「沈黙の詩人」とも言われるマルソーの経歴は、すでに日本にも届いていた。フランス生まれだが、ユダヤ人の父を持つ。その父は第二次世界大戦中、アウシュビッツ強制収容所で亡くなる。白く塗られた顔、よれよれのシル

クハット、ストライプのシャツ、黙したまま身体一つで喜怒哀楽を、物語を表現する、その姿はアートそのもの……、という情報である。

その日の午後、東京の劇場には、演劇部の仲間も大勢きていた。私たちは南野、岡谷のカップルと共に、前列の左端に腰かけ、開幕を待っていた。いつかその席に部の後輩が集まっていた。主に今回演出を担当する南野への挨拶を兼ねて、である。黒田のように顔見知りもいたが、初対面の人もいた。私はその劇場で、初めて『我が町』の舞台で、泰志の恋人役を演じる女性と出会う。「Mと申します。今度の芝居が初舞台です」と言った。新入生なので年も若く、顔立ちは華やかで、大輪の花のような印象を覚えた。

すぐに開演のベルが鳴り、それぞれは席に戻った。幕が開いた。これまで見た芝居のように装置らしいものはまったくなく、黒い幕が広がっていた。そこに現われたのは全身白いコスチュームを着たマルセル・マルソーだった。正面を向くことは殆んどなく、動きは激しいものの停止する時は横向きで、何かを訴えるかのように天を仰ぐ。こちらが未熟なせいか意味の分からない動きもある。悲しみの表現がふとユーモラスな表現に変わり、笑わせることもある。すべては沈黙の空間で行われる。それでいて、内部からほとばしる知と愛のエネルギーは、観客に伝わる。生れて初めて目の当たりにするパントマイムの世界であった。

沈黙、ちんもく、と喉の奥で呟く。

演劇の世界には、台詞がある。小説の世界は言葉を選りすぐり、それを書き記す。芸術として、そこに違いがあるのか、ないのか。確かな答えは浮かばなかったが、そんな問いが生まれていた。

マルソーの沈黙の演技に魅せられた後、休憩となった。しばらく呆然としているさなか、再び大輪の花Mが近付いてきた。

「素晴らしい演技です。感動しました」と言いながら。そして座席の横に立つ。

演出担当の南野は、それに対応して、

「凄いな、あの身振り手振りと、表情は……、全ての言葉を越えていたな。どこからか音楽も聞こえてきた」

と話し出す。

「今後の、参考になりますね」

と相槌を打つ隣席の岡谷多和子。興奮が冷めやらない状態で、演劇部員同士の話はさらに続いていた。十五分の休憩時間は残りあと四分となっていた。

その時泰志は、斜め後ろに立っているMに持っていた小さな蜜柑を差し出した。Mは黙ってそれを受け取った。どちらも無言であった。無言劇を見たばかりの私は、その動作を一瞬捉えた。それは親しさを表す動きではなかったか。

二幕目のマルソーは衣装を変えて現われた。帽子を持ち、縞のシャツを着ていた。またも観客はその演技に見惚れ、最後に拍手喝采をした。

幕が下りた後、それぞれは夜の闇に散った。私は見たばかりのパントマイムも仲間たちの動作も、そして自分の恋の行方も分からないまま、家路につき、眠れない夜を過ごすことになる。

まもなくして泰志の就職先が決まった。欧州映画の配給会社という。名画『ハムレット』や『赤い靴』を輸入してヒットさせたN映画社と聞く。

「おめでとう、良かったわね」

「これで、芝居に専念できる」

「最後の舞台ですものね」

と励ましながらも、報告はそれだけなのか、という寂しさが湧く。五姉安紀子がプロポーズされたのは、義兄が司法試験に合格した直後と知っているからだ。

その後も会う回数は少なくなったが、〝青春を賭ける〟と彼らが言っている限り、こちらは耐えるしかないと思い、洋裁の勉強と原稿用紙を広げる仕事をこつこつと続けた。

そして、本番の日になった。すでに秋は深まっていた。私は都内のDホールに早めに到着した。昨年のクリスマス会以来、顔見知りの部員も多くなっていたが、大切な本番の日は、一観客として過ごすつもりだった。出演者に贈る花束なども持参しなかった。時間が早かったので、場内に入る前に、ホール入口近くにある椅子に腰かけ、時間を潰した。左手には受付があり、係りの部員三人が客を待っていた。階下からエレヴェーターが上がってくると、客が列を作りなかに入った。演劇を好んでいるようなベレー帽姿の男性、髪の毛を赤茶色に染めている女性もいた。その時、背広にネクタイという身なりの、やや太った中年男性が入ってきた。その風格から言ってどこかの会社の重役または社長という印象があった。

「Y、Mの父親ですが」

その声は大きく響いた。

受付の部員は、低調に挨拶をし、場内に招じ入れた。本日の主演女優の父親と分かってのことだろう。私は反射的に立ち上がり、外廊下の窓に近寄り、その隙間から賑やかな街を見下ろした。街が眺めたかったわけではない。〝父親ですが〟という言葉が切なく聞こえて、どうしようもなかったからだ。

子供の頃の〝俺〟との出会い、父と一緒に行った長竿村を思い出し、〝俺〟という漢字を使った筆名を考えたのは、それからまもなくである。

演目の『我が町』(Our Town)は、日常の貴重さを観客に感じさせる内容になっていた。ソーントン・ワイルダーの三幕ものの戯曲で、ピューリッツァー賞受賞作。アメリカ、ニューハンプシャー州、架空の町の物語である。〝何も特別なことは起こりません〟という進行役の言葉通り、〝日常生活〟〝恋愛と結婚〟〝死〟が演じられ、語られる。そして愛し合い、結婚へと漕ぎ着ける男女を、泰志とMが演じる。確かに、演じる二人の気持が揃わなければ、観客にその熱い愛を伝えることはできないであろう。

できる限り理性的に、その演技を眺めたが、抱き合うシーン、結婚式のシーンなどは目を逸らしたい気持ちにさせられた。個人的な感想を言えば、平素穏やかな表情を見せる泰志の顔は舞台映えがせず、立ち並ぶMの華やかな顔立ちばかりが映えて見え、バランスが悪いような印象を覚えた。そしてこの芝居が終わったら、また打ち上げと称して、飲み会が始まるのだろう、南野はまた〝おおスザンナ〟を歌うのか、と想像をふくらませた。拍手のなか幕が下りた。

私は一人横須賀線に乗って家路についた。演出家南野の要求通り、親しくなった泰志とMの関係は今後どうなるのだろう。複雑な気持ちを覚えた。車窓から見える街の灯りを見ながら、パントマイムだったら、こんな気持ちをどう表現するのだろう、と考えた。答えは浮かんでこなかった。

九　鎌倉市笹目

恋人泰志の演劇活動に、心を揺すぶられているあいだに、鎌倉市の鎌倉座にも変化が起きていた。

長いあいだ稽古場として使わせてもらっていた〝ご本宅〟が売却されるという。次男一家は西御門という山沿いの地に引っ越し、夫人は、山内家先祖の墓のある妙本寺の山門近くで、一人暮らしをするという。主人の惇氏は、以前と同じ仕事場に住んでいた。

それらは山内家の家庭の事情としても、〝今後鎌倉座の稽古場をどうする〟という問題が生じた。次の公演が決まれば稽古はすぐに始まる。一時しのぎではあったが、当面は笹目のバス停にも近い山本栄一氏の家、その一階の日本座敷二間を使うことになった。

幸いなことに、笹目は長谷東町に近い区域であった。山本氏より一歳年上の妻と幼い娘がその庭付きの広い家に住んでいた。山本氏は足が悪く、療養を兼ねて台本を書いていたようだ。父親は大きな商いをしていて、市内の別の家に住んでいると聞いていた。私は洋裁学院が休みの日は、その家の裏門を潜って、座敷に上がりこんだ。山本氏も妻の美代子も、快く受け入れてくれた。他の座員たちも次第に集まるようになる。時には、一人暮らしを始めた惇夫人も、班長殿として顔を見せた。

その頃になって、私はやっと文士惇氏が、別の女性と住んでいると知った。

座員たちから、惇氏が〝芸術のためなら、馬を牛に乗り換えても良し〟と言い、胸を張っている、と聞いてもいた。最初、「馬を牛ですか、牛を馬ですか」と聞き返したが、

「どっちだっておよその意味は、乗り換えることだよ」

という言葉が返ってきた。それは惇氏が〝芸術に人生を賭けている〟それ故、他のことは一切気にしない、という意味にもなっていた。

その言葉は、『我が町』の公演以来、泰志との関係に以前とは違う空気を感じるようになった私の胸にずしりと響いた。それは、自分の今の気持ちからは、はるか遠い言葉だったからである。

私はある日、山本家で偶然会った座員Bに、

「久しぶりに会いましたが。あなた痩せましたね」

と言われた。聞いていた山本氏が笑いながら、

「温泉まんじゅうが、しぼんでしまったよ」

と言う。もちろん泰志との親しい仲は知っている。私は近頃食が細くなったな、と感じていた

が、人にそんなことを言われるとは思ってもいなかった。泰志の大学での活躍は本人も山本氏に話していたし、私の様子から見ても、順調でないことが分かっていたのだ。しかしBは何も知らない様子だった。

私は家に帰ってから、母の鏡台の前に立った。当時二階には小さな鏡しかなく、全身を見ることはなかった。

「しぼんだ……温泉まんじゅうか」

じっくりと鏡を見て、そう呟いた。鏡に映った姿は、確かに以前より細くなっていた。

しかし、励ましてくれる人がいなかったわけではない。ある日、山本家に行った時、偶然訪れた惇夫人と会話をした。夫人は私に同情することはなく、むしろ説教を始めた。

「須江子さん、あなた小説を書くのでしょう。それなら、恋する人の周辺に、女が現われたと言って慌てることはありません。堂々としていなさい。そして書きなさい」

私は一言もなかった。夫人は一人暮らしになっても、こうして芸術家の夫を支えているのか。信じられない気持ちであった。

後になって、泰志の母親に聞いた話だが、『我が町』の公演が終わった夜、終電車で帰ってきた息子は、「これでぼくの青春も終わった」と泣いていたそうである。母親は、労わりながら寝かしつけて、その後亡き夫の写真のある仏壇に手を合わせたという。恋人である私にはまだ泣き顔を見せてはいない。末っ子の甘ったれだった私は、初めての試練と闘っていたのかもしれない。

そして試練は続く。

泰志から連絡があり、卒業のために残る単位を取らなくてはならない、稽古のために欠席した授業のノートがある。友人がとったものだ。「それを写してくれないか」と頼まれた。これは大仕事だった。今ではどこのコンビニに行っても置いてあるコピー機は、この時代生産されておらず、借りたノートは人の手で写すしか方法がなかった。

私は新しい大学ノートを用意し、一ページから写し始めた。本来なら二階でそっと書くべきであったが、冬のさなか、炬燵は茶の間にしかない。炬燵に入ってそれを写していると、相変わらず家に居る四姉多見子は「何をやっているの」と覗き込む。母は、事情を察しているのか何も言わなかったが、炬燵が冷たくなると炭火を足してくれていた。やっと写したノートを泰志に渡したのは一週間も後のことだった。

泰志は笑みを浮かべ「有り難う、助かる」と礼を言った。

そのまま年が明けた。

大寒が過ぎ、節分が終わった頃だった。突然兄から電話があり、

「見合い写真を撮りなさい」

と言われた。指定された場所は、京橋にあるK写真館という一流の写真館で、一緒に行くという。母に話すと、「好きなようにしなさい」と言われる。兄の仕事は上向きになり、ゴルフを始

めたりしているが、こちらの恐怖心は消えず、この際兄を怒らせることは避けたいと考える。娘心として一流写真館にも興味が湧き、〝行きます〟と返事をする。

当日、待ち合わせ場所の地下鉄の出口に向かった。すぐに兄の姿が見えた。

眼が合った途端、

「何だ、着物ではないのか」

と顔を顰められた。私は卒業制作として、余所行きふうのワンピースを縫い上げたので、それが自慢できると思って着て行ったのである。さらに腕を磨けば〝縫子《ぬいこ》〟の仕事も可能になる。能力よりも古風な〝見た目〟なのか。歩きながら兄は、

「二十一になっても、恋人の一人もできないなんて、おまえもしょうがねえなあ」

と言う。歯に衣着せないのは、いつもの通りと分かっていても、今の複雑な気持ちが話せないだけに、辛さが増してくる。

洒落た外見の写真館のなかに入る。これまで行った写真館とは違い、館内には落ち着きのある空気が漂い、カメラマンの声かけも優しく感じられた。数日後手にした写真は微かにぼかしが入っていて上出来であった。二枚は兄が持って行き、一枚は手元に残った。それを持って帰り母に見せた。母は「良かったね」と言っただけだった。

しかし、洋服写真が気に入らなかったのか、その後兄からの連絡はなかった。私はそれで、この件は片付いたと、胸を撫で下ろしていた。

写したノートが役に立ったのか、演劇に熱中していた学生泰志の卒業が決まった。南野は泰志より早く卒業を決めていた。そして家の商売継ぐ前に、大阪の関連会社に一年ほど修行に出ると聞いていた。三月のある日、泰志と私そして岡谷多和子は東京駅のホームで旅立つ南野を見送った。岡谷は恋人が遠距離に行くためか、いつもより元気がないように感じられた。

鎌倉座の人びとも、泰志の卒業を喜んでくれた。

「かなり危なかったんじゃないの」と言ってからかう人もいた。逗子に住む大学生松原は、さらに二年文学部で学ぶので、卒業とは言わなかった。後に放送作家になった男だ。

笹目の山本家には相変わらず通っていた。山本夫人の美代子は、近くの酒屋に走り、乾杯のビールを買って来てくれた。酒飲みにも少し慣れた私は、一緒に声を出して「乾杯」と言った。しかし、コップに半分ほどしか飲まなかった。

帰り路、泰志に「もう一度、二人だけでお祝いをしましょう」と言うと、

「新橋に美味しいおでん屋がある。南野が教えてくれたんだ。そこに行こう」

という話になった。私は期待に胸を弾ませた。最近の出来事の報告がしたかった。兄に〝見合い写真を撮れ〟と言われたが気乗りがしなかった。……怒らせたくなかった、などその経緯を話したい。でも、写真は気に入った。〝女優さんのブロマイドみたいよ〟と言って自慢したかった。日時を決めて、笹目のバス停近くで左右に分かれた。

これまで兄がどういう人か、父のあとを継いだ家長として、妹たちをどれだけ強く支配し、暴

力を振るったか、など折に触れて話した。それゆえ、〝私は、泰志さんのような穏やかな人、つまり、すぐ怒らない人が好き〟とも話した。泰志はいつも〝うん、うん〟と頷き、聞いてくれた。私は、若さゆえ、いや恋する女であったゆえ、それらの経験を、恋人が理解してくれたと思い込んでいた。しかし、泰志は大家族で暮らしたことがない。寝返りを打てば、すぐ脇で寝ている五姉とぶつかり、蹴られるような夜を過ごしたことがない男だった。まして見合いをすっぽかした四姉の気持ちなど、分かるわけもない。むしろ、父親亡き後、人気の少ない家の空気を寂しく感じることが多かったのだと思われる。まして泰志は長男であり、弟が一人いるだけだ。同じ問題でも、受け止め方が違うのではないか。

女性と男性の感受性の違いを、それまで厳密に考えたことはなかった。

尾崎一雄氏の小説を読んだ時も、男性ゆえに有利、または不利などと分析したことはなかった。ただその真摯な生き方に感動し、ユーモラスな描写に魅力を感じ、そのストイックな一筋道に敬意を抱いた。もちろんそれは素晴らしいことだ。しかし、後に丁寧に読み返して分かったことだが、尾崎氏の分身と思われる主人公は、最初の妻と別れる時、暴力を振るっている。

私は世間知らずに加えて、不勉強な女であった。結果として、その見合い写真話は、二人の関係をさらに悪化させたのである。

その夜、おでん屋の暖簾を潜り、充満する出汁の香りが鼻を突いた時、久しぶりに食欲が湧くのを感じた。おでんは、味の染みた大根を始め、竹輪、つみれ、さつま揚げ、こんにゃく、どれも味わい深く、甘味も感じられた。少なめに付けた辛子の味も、喉に快くしみた。泰志は酒を飲みながら、その私を見て、「食欲旺盛だね」と笑っていた。

「少し飲まないか」

そう言って、お猪口を一つ増やした。

「一杯だけよ」

いつものようにそう言ったが、二杯三杯と重ね、またさらに飲んだ。顔が赤くなる質なので恥ずかしく、それ以上は呑むのを止め、油揚げを一枚口に入れた。それは滑らかに喉を通った。気が付くと、口が軽く動き出し、お喋りを始めていた。

「相変わらずなの、大正生まれの、私の兄」

普段は蓋をし、鍵をかけている心の扉が開いていた。

「見合い写真を撮りなさい、と言うの、突然の話」

聞いてくれる人が欲しくもあった。

その時、泰志の顔が強張ったことに気付かなかった。私は勢いのままに、〝一流写真館で撮ってもらった写真は、気に入った〟などと話した。しかし、縁談は来ていない、と話したかどうか。記憶がない。

泰志は何を思ったのだろう。その店を出て、近くの狭いコーヒー店に入ったが、ほとんど口を利かなくなった。何か衝撃を受けたのかもしれない。母子家庭の長男として、先々の責任もあったと思う。さらに環境が変わる時期、迷いもあったと思われる。もしかすると〝だれを選ぼうか〟と心を揺らしていたかもしれない。

「四月一日から、勤務が始まる。慣れない仕事なのでしばらくは会えないかも」

コーヒーを飲み終えてからそう言った。いつもより冷ややかな声に聞こえた。

新入社員として働く職場に、電話などかけるのは避けたいと思っていた。しかし、あの夜何かが変わったような気がしてならなかった。

予感は的中した。

菖蒲の咲く五月になっていた。東京中心地で、ファッション・ショーが頻繁に開催されるようになると、雑用も兼ねて、縫子のアルバイトの需要が多くなった。ショーの前後一週間という話に、私は院長から紹介状をもらって、学院の友人きく子とその地に出向いた。鎌倉で初めて親しくなったこの友人にはかなり収入のある父親がいて、小遣いには不自由していなかったが、一緒に行ってくれるという。それが心強く、私を勇気づけていた。

華やかなショーの舞台裏は緊張の連続であり、雑用はきつかったが、賃金は最後の日にきちんと渡された。私はその封筒を持って、きく子と共に有楽町から山手線で東京駅に向い、七番線、八番線のホームに着いた。少しでも早く母にその封筒の中味を見せたかった。

鎌倉駅の階段はホームのやや後ろにあるので、鎌倉人は殆ど後方の車両に乗ってくる。私ときく子も、後ろから三両目のドアを目指した。列車はすでに到着し、車内の乗客の姿が見えた。

足を踏み入れた瞬間、ボックス席ではない片隅の座席に、若い男女が座っているのに気付いた。それは泰志と、『我が町』の共演者Mであった。

「あ、ここは混んでいるわ。後ろに行きましょう」

私は反射的にそう言って、きく子の手を引いて違う車両に向かった。幸いその車両には空いた席があり、二人は並んで座った。泰志とは目が合ったので、気付いたのは分かっていて、衝撃を受けたが、そんな状況を、新しい友人に知られたくない、という感情も湧いていた。

やがて発車のベルが鳴り、電車は走りだす。

……そう言えば、あのパントマイム公演の折、Mの家は品川区と聞いていた。横須賀線の次の駅は新橋、そして次が品川となる。離れたホームの山手線、京浜東北線に乗っても、帰ることができるのに……、と思ったが、そういう例も良くあるので、不自然には感じなかった。おそらく、Mは、泰志の仕事が終わるのを待って、コーヒーでも飲み、横須賀線に乗り、品川駅まで送ろうとしているのだろう。私より積極的で自信もある人のようだ。おそらく会社にも電話をかけているのだろう。新入社員にとってそれがマイナスになるか、などと考えもしないで……。

推測通り、鎌倉駅を降りた時、Mの姿はなかった。

きく子をバス乗り場のある表駅に見送り、私は長谷東町までの道を歩いた。稼いだ金はバッグに入れてしっかり持っていた。封筒のまま母に渡そうと思っていた。御成通り商店街を過ぎ、バス通りに入ったあたりで、後ろから追ってくる人の足音が聞こえた。私は後ろを振り向くことなく、早足で歩いた。六地蔵の前にすぐにきた。赤い涎掛けが夜目にも鮮やかに見えた。ここが最初の稽古場、惇氏ご本宅から帰る折りの、泰志との分かれ道だった。

足音は近くに迫ってきた。数秒後、追ってきた人の手が私の肩に触れた。ぽんと叩かれたような感触だった。

私はそれを無視して真っ直ぐに歩いた。もちろん誰が叩いたか分かっていた。

〝どういう神経の持ち主なの〟

〝まだ青春の夢が覚めないの、もう幕は下りたのに〟

という声を発したかったが、前を向き無言のまま、母の待つ家を目指した。

泣いていた記憶はない。ただ必死で耐えていた。そのエネルギーは〝みそっかす〟と言われ続けた意地からなのか、惇夫人に〝書きなさい〟と言われたからか。男のように〝ぶん殴る〟ことができない女だからか。その夜家の玄関を開けた私は、どのような顔をしていたのだろう。出迎えた母は何を思ったのだろう。

まもなく私は月不見池《つきみずのいけ》に出会うことになる。

十　糸魚川《いといがわし》市新町《あらまち》

「しばらく、勲《いさお》の家に行かないか。月不見池という名所があるそうだ」

母は翌日そう言った。

その池の名は、年に一度同じ名の日本酒が送られてくるので知っていた。勲とその母はかつて東京渋谷に住んでいて、〝渋谷のおばさん〟と呼ばれていた。麹町の家に来ると腰が低く、時には〝ばあや〟とも呼ばれ使用人のように働きもした。

「手紙が届いたばかりなの。勲の医院も順調だそうで、だれか鎌倉から来ないか、という」

私は驚くと同時に、行って見たいという気持ちになっていた。

勲の父は養子に行って西川と姓が変わったが、母の実兄であった。

それなのに何故おばさんは、ばあやなの、……子供の頃思っていた疑問はやがて解けた。勲の父には本妻が存在した。しかし子供はいなかった。勲は、従兄弟にもなる兄正一郎と同じ年で、麹町の家にもよく来ていた。当時はJ医科大学に通っていた。それらの事情受け入れ、世話をした母には恩義を感じているようだった。

そして勲の父は亡くなり、戦後はおばさんの故郷糸魚川市に住む。勲はその地で医院を開いているのだった。

「このお金は、往復の交通費と、おばさんへのお土産代にしなさい。それでも少し余るくらいよ」

母は、昨夜渡した封筒を返しながら、そう言った。

「あとのことは、手紙で勲に知らせるから、安心して行ってきなさい」

その時、どんな返事をしたか記憶がない。

数日後、私は列車に乗って新潟方面に向かっていた。金沢という大きな駅で乗り換えた。途中車窓から見える日本海の色を眺めていた。初めて見る日本海であった。覚えているのは、勲の家は糸魚川駅から鈍行で一駅乗った鄙びた駅〝梶屋敷《かじやしき》〟近くにあったということだ。その駅の出口で勲は待っていてくれた。

「勲さん、久しぶり」

「よく来たね、道中無事だったの」

そんな会話を交わしてから、数分並んで歩いた。まもなく、医院の脇にある一家の住まいに到着した。医師である勲と妻と子供二人そしておばさんのいる家だ。二箱持ってきた鎌倉名物〝鳩サブレー〟の一つを持ち、挨拶をした。

「よろしくお願い致します」

と頭を下げた私に、勲は、

「お母さんの手紙を読みました。気楽にやって下さい」

と頭を下げ返した。私は長年積み重ねた両親の力が、……こんなところに残っている、と不思議な感慨を覚えていた。それに比べて、自分には何一つ積み重ねたものがない。それは無力ということだ。

夕食は一家と共に取った。勲は復員後に結婚したというので、まだ子供は小学生であった。上の娘は来年中学という話だったが、下の息子はまだ小学一年生で、客人である私に興味を覚えたのか、食事中も視線を送ってきた。私は、この家に世話になる以上、この子供たちを可愛がらなくてはならないと思いながら、箸を動かした。高校生の折、兄の家で相撲を取り、真一を寄り倒した時よりは、少し大人になっていた。

その夜は、おばさんと並んで寝た。眠りに就くまえに、

「手紙によると、最近、小説を書くそうね」

「はい」

「明日の夜からは、この二階で寝なさい。天井は少し低いけれど、一人部屋になっているから」

「よろしいのですか」

「もちろんですよ。そして早く元気になってください」

母がどのような手紙を書いたか分からなかったが、好きな男とうまくいっていない、という話は出なかった。私はまた母の力を感じ、布団の中で十字を切り、手を合わせた。

翌日から、私は一人二階の部屋で過ごし、小さな机のうえに原稿用紙を置いた。六畳ほどの部屋で、確かに天井は低かったが、入口左側に窓が広く開いていて、そこから広い田園風景が見えるのが嬉しかった。朝起きて、雨戸を開けるのが楽しみになった。それらはかつて眺めた茨城の風景とはかなり違っていた。田んぼの土の色、稲穂の色、樹々の色などが濃いように感じられた。吹き込んでくる風の香りも違っているようにも思えた。

夕方になると、牛の鳴き声に似た妙な声が聞こえた。しかし次第にカン高くなる独特の声は、疎開地で聞き慣れた牛の声とは違っていた。

おばさんに「何の声かしら」と訊ねると、「ああ、牛蛙《うしがえる》よ。食用蛙とも言う。食べられるそうだけれど」と笑って答えた。初めて耳にする言葉であった。

学校が退けた頃になると、階段を上がる音が聞こえて、下の息子がやって来た。名前は孝《たかし》と言い、ター坊と呼ばれていると知る。迎え入れて書き損じの原稿用紙の裏に、蛙の絵を描いたりして遊ぶ。次の日、ター坊はクレヨンを持って上がってくる。牛蛙の絵を描き、クレヨンを塗る。蛙と言えば頭に浮かべる緑色ではなく、黒と灰色のクレヨンを持って色を塗る。

「あら、黒く塗るの」

「そうだよ」
とター坊は笑みを浮かべる。どうやらこの地の牛蛙は、黒に近い灰色であるようだ。そのうちに階下から「ター坊、お邪魔ですよ。そろそろ宿題をしなさい」と声がかかる。母親の声のようだ。

この部屋で手紙を書くようにもなる。鎌倉の母には、〝無事着いた〟と報告を兼ねて、鎌倉座の山本氏には、〝日本海の風景や、牛蛙の声が面白い、聞きながら原稿用紙に向かっている〟などと書いた。郵便局は梶屋敷駅近くにあったので、良く歩いた。母も山本氏も返事をくれた。届いた郵便は、母親に言われたのか、ター坊が運んできてくれた。脚本家山本氏の手紙は便箋に丁寧に書いたものだった。岡谷多和子にも書いた。達筆なペン字の並ぶ返事が届いたが、大阪に修行に行った南野の話は書いてなかった。

私はその時間のなかで思案していた。一番書かなくてはならない相手は、〝特別な人〟として付き合いを重ねた倉田泰志なのだ。分かっていたが、結論を出すのが怖くて、書かないままにしていた。

数日後、決心をして泰志への手紙を書いた。この地にきた経緯を少し書いた。〝母は、私の健康を気遣ってくれたようだ……〟と書いた。〝病人の多かった家だから〟と加えた。まとまりのない文であったが、ともかく書き終えて投函した。帰り道、返事が来なければそれでいい、と思った。書き始めている小説のタイトルが『となりの客』と決まったところだった。

五姉安紀子と春山の結婚式の時に感じた違和感が、元になっている作品だった。しかし、その長年の慣習を、ぶち破るような表現は難しく、結論には達していなかった。

泰志からの返事が届いた時、その裏書の文字を見た時は驚いた。さらに封を切り、便箋三枚に渡って書かれた文を読み、声を失った。

その後、できる限りこの手紙の事は忘れるように生きて来たので、書き出しも最後の締めも覚えていない。記憶に刻まれたのは、

〝あなたは、早稲田的な人だ〟というひと言である。それに比べて〝Mは慶應的だ〟という言葉も書かれていた。単なる学生気分でそう書いたと分かっていたが〝ぼくの好みではない〟と引導を渡されたことは確かだった。

明日にでも「月不見池」を見に行きたいと思った。それがこの地に来た目的の一つではなかったか。夕食の折、勲にその希望を話すと、

「自転車に乗れますか」と聞かれた。

「はい乗れます。疎開地で覚えました。利根川べりを走りました」と返すと、

「それなら一人でも行かれますよ」と地図を書いてくれた。

翌日、私は勲の自転車を借りて、月不見池のある山の方角に向かった。少し上った山の右手に、その池らしきものが見えた。最初はこれがその池なのか、と疑う気持ちも湧いた。

東京の子供だった頃見た上野の不忍池、そして地元の鶴ヶ岡八幡宮の蓮池に比べると、はるか

に小さい池だったからである。しかし、地図通りに走ってきたから、間違いはなかった。

かつて地滑りが起こり、自然にできた池と聞いていた。池は巨岩と樹々に覆われていた。樹々に絡みついた藤蔓に覆われ、池に映る月の姿が容易に見えないことから、〝月不見池〟と名付けられた、と伝えられているそうだ。母もそれを知っていたし、勲もさらに詳しく教えてくれた。そしてその周辺はとても暗かった。

私は、それらに失望しながらも、自転車を止めて佇んだ。〝大きな池、小さな池〟という言葉が目のまえをよぎる。昨日読んだばかりの泰志の手紙の文字も浮かぶ。〝早稲田的〟とはどういう意味なのか。泥臭い、つまり都会的に洗練されていない、ということなのか。いや違う。泰志は単に安易な表現を使った。人の好き嫌いは理屈通りにはいかないものだ。泰志はそれ言いたかったのだ。

目の前には、小さな池があり、暗さも変わらなかった。

志賀さんは、高々とそびえる松の木だ。自分は便所の脇の八ツ手にすぎない
あひると白鳥は違う
十代で読んだ、尾崎一雄氏の言葉がよみがえった。

時間と共に、小さな池に親しみを覚えこの出会いを喜んだ。

私は小さな池の仲間にも入れない、道の隅の、水溜まりに過ぎないのかもしれない……。それでも良い。何もかも諦めて生きていくしかない。

その月不見池の帰り道、私は山の下り坂の終わったところのカーヴで、自転車ごと大きく転び、たまたまその近くにいた数人の子供たちに大笑いされた。如何に私の姿が滑稽であったか、その笑い声は今でも耳に残る。

起き上がりおばさんの家に戻るとすぐに、医師である勲は擦りむいた私の足を消毒し、薬を塗ったガーゼを当ててくれた。絆創膏を張りながら、

「大怪我ではなくて良かった。あまり無理をしないようにしてください」

それから少し間を置いて、

「戦地に行った者の意見ですが……、人間は、〝生きているだけで、丸儲け〟なんですよ」

と言って笑った。

〝生きているだけで……〟私は大きな病気をしていない自分を改めて感じていた。八人の子供を産んだ母親のもとに帰らなくてはならない、そんな気持ちが湧いていた。後になってその〝丸儲け〟は小林一茶の言葉と知った。

その夕方から、牛蛙の声が「帰れ、かえーれ」と聞こえるようになった。

足の傷が癒えた数日後、私は鎌倉の家に帰った。

母に「お帰り」と言われると同時に、

「安紀子姉さんから、手紙が届いているよ」

と言われた。安紀子はその頃夫春山の転勤により、静岡市にいた。二階の机の上に、その封書は置かれていた。封を切って便箋数枚に書かれた手紙を読む。

〝色々な事情から、糸魚川の勲さんの家に行って、休養している話はお母さんから聞いています。とても心配しています。〟

という書き出しであった。意外な気持ちがした。年が近かったので、つまらないことで張り合って、よく喧嘩をした。さらに手紙は続いていた。

〝……結婚なんて、須江子が思うような素晴らしいものではありません。毎日、同じことをしています。ご飯を拵えたり、掃除したり、洗濯したり……。それにお金の遣り繰りもしなくてはなりません……。その繰り返しです。お勧めするものではありません。須江子の性格から、一途になっているのは分かりますが、どうか視野を広く持ってください〟

思ってもいなかった五姉の愛が強く感じられた。〝毎日同じことを繰り返す〟という言葉が胸に刺さる。牛蛙の声を聞きながら書いていた小説は、姉の結婚に反発する妹が主人公だ。それでも女は結婚する。何故なのか。

読みながら、私は大量の涙を流した。この一年堪え続けていた心が弾けたようだった。隣の部屋には、未だ嫁に行かない四姉の多見子がいる。レントゲンに写っていた病巣の陰も、最近は消えていると聞いているが……。泣き声が多見子に聞こえないように、私は慌ててハンカチで口を押えた。

十一　新しい稽古場

暑い夏になったが、しばらくは鎌倉市内から離れずにいた。しかし家に籠っていたわけではない。母と二人で日曜のミサに出掛けた。ほぼ毎週教会の門を潜った。聖堂の入口に向かって左側には、色付き始めた樹々が並んでいた。両手を広げたマリア像がそのなかに立っていた。少しだけその辺りに目を遣って、それから聖堂内に入った。

そして子供の頃、麴町の教会で教えられた通り、椅子の前方に膝を付き、十字を切った。母はもう何も指図をしなかった。私は自分の意志で、正面の壁を背にするキリスト像と向き合った。……十字架と言っても、色々な造りがある。十字架はキリストの象徴として、一般にも普及しているので、立木横木共に平らで、像がない十字架もある。

しかしこの教会の十字架には、首を傾けた悲しげな表情、そして痩せこけた姿のキリスト像が、生々しく刻まれ、磔にされている……。私はこの十字架に物語を感じる。かつて『耶蘇は生まれた今日』の詩を書いた武者小路實篤は、どんな十字架を見て心を動かし、ペンを握ったのか。調べてみたい気持ちが湧く。理屈では表現できない思いを抱きながら、〝無事に、鎌倉に戻りました〟と伝え祈った。

その数日後、岡谷多和子から電話があった。

「長谷観音にお参りしたの」

帰りに寄っても良いか、という。私は喜んで承諾した。

「高台から見た海が綺麗だったわ」

東町の家に着いてから多和子はそう言って微笑んだ。家で渋茶を飲んでから、外に出て二人で歩いた。バス停一つも越えないうちに、多和子は、

「南野さんとは、もう別れたの、今新しい人と付き合っているの」

と言った。不意のことで驚き、思わず足を止めたが、そのさっぱりとした言い方に自分と違うものを感じる。もちろん嘘をついているとは思えなかった。

私の話はそれに反して、長たらしい話になった。

糸魚川市に行くきっかけ、手紙の返事、月不見池の話などした。最後に、〝今は生きているだけでいいの〟と言った。丸儲け、は加えなかった。それでも分かりにくい話になっていたと思われる。いつのまにか鎌倉駅裏通り過ぎ、扇が谷方面に向かっていた。

「この先の、横須賀線の踏切を渡って、小町通りに行きましょう」

その辺りは賑やかで、美味しい甘味処などがある。幅の広い踏切を渡り終えた時、多和子はこう言った。

「結局あなた、敗けたのね」

予想もしていない言葉が耳に入った。私は答えることができなかった。初めて会った日から、多和子の言葉は冴えていた。感心して聞き入ったこともある。それにしてもこの言葉は痛烈であった。この経験を何とか活かして行こうと思っている私には、足止めをされた言葉でもあった。黙っている私の背中の方角から、いつも聞く踏切の音が大きく鳴り出し、続いて電車が入って来る轟音が響いていた。

家に帰り机の前に戻った。〝敗けた〟という言葉が耳に残ったままだった。糸魚川で書き始めた『となりの客』という作品はほぼ完成していた。迷いとそしてやり場のない情熱がくすぶっていたのだと思う。私は翌日その作品を、当時募集していた第一回中央公論新人賞宛に送った。ペンネームは〝庵〟の一文字を使い、それに決めた。もちろん結果を強く望んでいたわけでなかった。

しばらくして、新聞にその当選者が深沢七郎、タイトルは『楢山節考』と出た時も、冷静に受け止めたくらいであった。

その後、糸魚川から戻った報告も兼ねて、山本家を訪れた。

「元気で良かったな」「本当に」

山本氏と妻の美代子は喜んでくれた。

ふと稽古場に使っていた座敷の奥を見ると、木造のダブルベッドが置かれていた。

「二階に下宿人を置くようになって、こちらに運んだんだ」

この部屋は、もう稽古場にはならない。見た瞬間そう思った。さらに、そのダブルベッドからは、夜の夫婦の様子が浮かび、複雑な気持ちになった。

「どこかに、良い稽古場はないかな」

山本氏はそう呟いていた。

通っていた鎌倉洋裁学院は、鎌倉駅西口近くにあった。朝は九時半から始まり、午後は四時半に終了する。五時には門が閉じられる。その後の時間は使われている様子がない。夜分鎌倉座の稽古場に貸してもらうことはできないだろうか。

数日後、院長を訪ねて、その話をした。文士里見惇氏の名前も出した。すると翌日、

「経営者の主人が、代表者の方にお会いする、と言っております」

という返事があった。

私は約束をした日時、放課後の日暮れ時であったが、山本栄一氏と山内静夫氏を連れて学院に出向き、経営者と二人を引き合わせた。男同士金銭の話をした結果、契約は成立した。つまり、世話になった鎌倉座のために、新しい稽古場を見付けることができたのだ。

帰り道、山本氏は、

「きみ駄目じゃないか、紹介する時はあちらのご主人からするもんだ。先にこっちを紹介したろう」

と笑った。重要な人から先に、という常識は知っていたが、どちらが重要か、一瞬判別が付かなかった。山内氏も笑っていたが、

「しかし良かった、稽古場が見付かって。本当に有り難う」

と礼を言ってくれた。無能な私なのに、初めて人の役に立った思いがした。聖堂での祈りが通じたのだろうか。


私は座員たちに〃新しい稽古場が見付かった〃と知らせる仕事を買って出た。次回は健康上の理由からと出演を辞退していた。次の鎌倉座の会合は九月、その日時、場所は〃新稽古場、鎌倉洋裁学院の一階A教室〃と往復葉書に書いて送った。〃出席〃と書いた返事が戻ってくるのが楽しみであった。

次の演目は、山本氏いや牧場創氏の書いた戯曲『赤提灯』と決まっていた。公演は十二月始め市民会館で行われる。一幕もので夜の場面、それも屋台のある裏町から始まる芝居だった。新しい稽古場で、正式な決定そして配役スタッフが決められる。私は記録係として裏方に回る。当日少し早めに学院に行き、黒板に向かって並んでいた教室の椅子と机を、向き合うように並び変え

て、座員の集合を待った。十人程集まり会議が始まろうとした時、入口のドアが開いて、スーツ姿の倉田泰志が飛び込んできた。

「遅くなりまして」

そう言って、私の正面の空いている席に座った。スーツの色は深い紺色であった。あの日、南野と私を置いて、突然走り出し消えて行ったベージュ色のジャケットが、まだ目に残る私には、馴染みのない色であった。しかし何もおかしいことではなかった。泰志からは出席の返事が届いていた。座員の一人であり、実績、経歴からしても私より古い先輩ゆえ、出席は当然のことである。演目、配役などの発表を兼ねた会議は、予定通りの時間に終了した。残った時間はそれぞれが久しぶりの挨拶をすることになる。

「ご無沙汰です。何とか元気です」と短い挨拶をする人、最近観た芝居の話をする人、旅行に行き、「冠雪の富士を見た」という人などがいた。倉田泰志の番になった。すぐに立ち上がり口を開いた。

「我が社では、来年『道』（ラ・ストラーダ）というタイトルのイタリア映画を公開いたします。フェデリコ・フェリーニ監督の作品です。近代人の孤独感が描かれた素晴らしい作品なので、……どうぞ皆さん、ご覧ください」

最後は少し照れた様子だったが、勤務先の映画の宣伝を果たしていた。山本氏からは、「おまえも、ビジネスマンになったたな」という言葉が、映画マンの山内氏からは、「確かこの映画は、ヴェネチア国際映画祭で賞を撮った作品だ」という言葉が出て、他の人は「よう、よう」などと声をかけて、拍手を放った。

〝ビジネスマン〟という言葉に反応する人は多かったが、私は、泰志が以前よりつまらない男になったと感じていた。普通の男、ただの男に変わりつつある……、と。

解散になり、外に出た。これから小町通り裏の飲み屋街に行く人もいたようだが、私は家の方角を目指した。後ろから泰志の声が飛んできた。

「会社で『道』の試写会が行われる。その時は声をかけるからね」

数人の声の合間からであったが、確かにそう聞こえた。〝他に誘う人がいるのではないの〟という思いもあったが、振り向いて嫌味を言う力はなかった。しかし、その映画は観たい、という気持ちが湧いていた。やがて数人の足音は小町通りの方角へと消えて行った。

私は家に帰ってからその夜のことをふり返った。床に就いてからも木目のある天井板を眺めながら考えた。

鎌倉洋裁学院は大学受験失敗の果てに、辿り着いた場所だった。胸を張って、〝これが私の通っている場所〟と言えない恥ずかしい場所、潜り込んだ穴倉とも言えた。それが今夜からは、鎌倉座の新しい稽古場になった。同時に、自分にも分からない変化が現われている。

稽古場の紹介は、自分のためにしたことではなかった。惇夫人との出会いもあった。山本氏、山内氏の存在もある「鎌倉座」のためだった。それは明らかだった。それなのに、自分の問題として、事が始まりそうになっている。何という風の吹き回しか。

〝家を建てる者の捨てた石、これが隅の親石となった〟

いつになく、そんな聖書の言葉が浮かんでいた。

稽古は順調に進んでいた。泰志は、『赤提灯』を訪れる酔客を演じていた。脚本を書いた山本氏が、酒飲みの泰志をその役に選んだと聞いていたが、何度見てもそれはミスキャストであった。泰志と酒の関係はあくまでも〝酒が好き〟という主観的なものであって、客観的なものではなかった。少なくとも素面で酔態を見ている私にはそう思えた。しかし、泰志は休むことなく稽古に参加した。他の参加者も、以前より増えたくらいであった。私はノートに記録を取っていたから、その数字は毎回書き止めた。稽古に来るたびに〝二年目になると営業に回される。そうなると地方にセールスに出るようになり、稽古に来られない〟と話していた。当時は、関東地方から東北の県にかけて、各地に多数の映画館が存在していた。セールスマンは、それらの館に自社のフィルムを売り込みに行くのである。

「仕事なら仕方がない」

先輩たちはそう言っていた。

そして『赤提灯』の公演は、十二月に市民会館で催され、無事に終わった。打ち上げの会はいつも通りに行われた。その折私は、酔客の演技について「あまり良くなかった」と、率直に感想を述べた。他の者たちも「確かに、そうだな」と頷いていた。演じた泰志からの反論はなかった。

年が明けた。昭和三十二年元日の朝、屠蘇を祝った後母と新年のミサに行った。戻ると母はすぐに炬燵に潜り込んだ。雪でも降りそうな寒さと分かっていたが、若い私の身体は、もう少し歩きたいという欲求を感じていた。四姉多見子を誘うと、「寒いから」と断られた。雑煮の残りを少し食べて昼食とし、それから一人で街に出た。冷たい風のなか、街は鶴ヶ岡八幡宮に初詣に行く人びとで溢れていた。人の流れにつられて、段葛と呼ばれる参道に入り、赤い三の鳥居を目指した。着物姿に日本髪を結った人もいる。洋装の人たちも、いつもよりはおしゃれをしている。しかしなかには普段着姿で、忙しい大晦日を過ごしたのか、髪の毛も整えないで歩く人もいる。

赤い三の鳥居を潜り、欄干のある橋を渡る。すると、参道は広場と変わり両側には屋台も並ぶ。正面には神社の拝殿があり、左手に何百年も前に植えたという、大きな銀杏の木が見える。しかしその先はかなり混雑していた。屋台の一軒を覗きながら、もう戻ろうかと思案している時、後ろから、

「珍しいね、八幡様に来るなんて」

と声がかかった。振り向くと後ろに泰志が立っていた。手には正月の縁起物破魔矢《はまや》が握られている。白い羽の根元には鈴が付けられ、微かに音を立てている。泰志は私の家がキリスト教徒であり、元日の初詣はしないと知っての言葉だった。

「朝のミサは行ったけれど、何だかまた歩きたくなって」

新年の素直な気持ちのまま、そう答えた。

「今、ぼくはお参りしたけれど、もう一度行ってみよう」

そう言って歩きだした。本殿に上る長い石段の辺りは、さらに混雑していた。

「手水所《ちょうずどころ》に行ってみよう」

左手に紅色の屋根と四本柱に囲まれた手水所が見えた。竹の棒の上にいくつもの柄杓が並んでいて、その下には綺麗な水が湛えられていた。なかを覗くと、底一面に真っ白な小石が沈んでいた。

「手を出して」

柄杓に汲んだ水が、私の手に掛けられた。

「有り難う、この手で良い小説が書けますように」

「相変わらず、なんだね」

「そう、それが私だから」

今度は私が少し照れた。

長く高い階段は上らずに、元来た道に向かった。破魔矢の鈴がまた鳴った。耳を澄ます私に、

「これは、お袋に頼まれた」

という声が返ってきた。

「お袋、一月四日に、鵠沼の病院に入院する」

「……」

「その後、肺の外科手術をする。これはそのための厄払いだな」

母親に会った時の映像が目に浮かんだ。いつも着物姿で、家事をする時は地味な色のたすきをかけていた。父親が健在で長谷の家にいた頃は、使用人が多く居て、家事は殆どしなかったと聞いていた。

「お大事に」

鎌倉駅に着いて、そう言うのが精いっぱいであった。

この出会いが一月元日ではなく、大事な母親が病気と聞かされなかったら、かつて母親から〝チヨさんに社交ダンスを〟と勧められ、ジルバを踊らなかったなら、もっと潔癖な対応をしていたかもしれない。〝みそっかす〟〝年寄り育ちは三文安〟と言われ、戦後の混乱期、病人の多い家で育った私の心は、それほど単純ではなかった。

十二　別名　出雲座《いずもざ》

稽古場ではなくなったと言っても、笹目の山本家に集まる人の数は減らなかった。三十代の男性で毎日家に居る人は少なく、妻の美代子も人が集まるのを喜んでいる夫を支えていたので、だれもが遠慮なく裏玄関の戸を開けた。茶の間に座っている山本氏は「よう」と言って出迎えてくれた。体調が良くないのか、山本氏は最近あまり執筆をしていない様子であった。

そうした空気のなか、新しいカップルが生まれてくるのは、当然のことと言えた。テレビタレントの中原協子と、映画会社勤務の杉田が、どうやら惹かれ合っているらしい。山本氏は、この新カップルを歓迎している様子で、何かに付けて

〝協子は偉い、須江子とは違う〟

と言って笑っていた。冗談にしても私はそれを気にした。それは外見の問題ではなかった。テレビに出演すれば出演料がもらえる。プロデューサーその他に頭を下げることにも慣れてくる。

〝付け届け〟などもするのだろう。その現われのように、協子はいつも手土産を持って、訪れる。杉田も同様である。僻むわけではなかったが、こちらは、〝温泉まんじゅう〟と言われた頃から、手ぶらで出入りさせてもらっている。そのうえ、付き合い始めた恋人との関係も良くない。偉い、と言われるところは何一つないのだから……、と思えども、協子の凛とした姿を見ると悲しくなる。〝私も、S学園の短大に行けば良かった〟と思えども〝後悔先に立たず〟であった。大人の恋、というものがあるのか分からなかったが、社会に出ている者同士が、惹かれ合っているのは明らかであった。

ともかく私は、その熱烈な関係に煽られていた。泰志も、杉田は慶應義塾大学の先輩なので、一目置いている様子だった。

ある休日、山本家に顔を出すと、茶の間にはいつものように座員が集まっていた。杉田の隣に協子がいて、その反対側には泰志が座り、山本氏の一人娘、カオルを相手に遊んでいる様子だった。画用紙にはクレヨンで絵が描かれ、その横に折り紙が散らばっていたので、私はその一枚で折り鶴を作ってカオルに渡した。カオルは喜んでそれを受け取り、台所にいる母美代子に見せに行った。

「おまえ偉いな、鶴を折れるんだ」

「そのくらいできますよ」

山本氏の声に私は、姉たちの顔を思い浮かべながら、そう言った。

それがきっかけになったのだろうか、子供との遊びに飽きた時間だったのか、杉田が、

「海に行こう」

と立ち上がった。すでに協子の手を握っている。私は来たばかりだったので、当然そこに残ると思っていた。しかし、

「泰志も来いよ、二人一緒に」

と誘われた。泰志は先輩に逆らわず、腰をすぐに上げた。

「行って来いよ」

という山本氏の声もあって、私は立ち上がった。

春はまだ浅く、泳ぐ季節ではなかった。鎌倉由比ヶ浜は、恋人たちが寄り添って歩く場所でもあった。杉田と協子はバス通りに出て、海へ向かう路地を歩く。泰志と私は後を追う。まもなく到着する。先に歩いていた二人は、砂浜に降りる石段の手前で足を止め、近くのベンチに座る。後の二人も脇のベンチに腰を下ろす。その間隔はさほど空いていない。

海の風が髪の毛を揺らすが、その冷たさは感じられない。慣れているということもあるが、何故か感覚が鈍くなってしまっている、脇のベンチの二人は、肩を寄せ合ってはいるものの、抱き合ってはおらず、何かしきりに話している。その声は聞こえてこない。

しばらく沈黙があった。しかし一分ほどで泰志は話を始めた。

「何もかも、思惑外れだった」

それが最初の言葉だった。中ほどは〝芝居に夢中だった〟などという言い訳も入り、〝ぼくは、母子家庭の息子だった〟という自覚の言葉も入り、最後に
「全て、ぼくが悪かった、許してほしい」

と結び、頭を下げた。私は風で乱れる髪の毛を押えながら、

「分かりました。頭を上げてください」

と答えた。

すぐ脇に先輩とその恋人がいたこと、いつになく鈍感に、さらに怠惰になっていて、反論する気力が無くなっていたともいえる。脇のベンチに私たちの会話が聞こえていただろうか。特に小声で喋っていたわけではないので、当然耳に入っていたと思われる。

こうして私と泰志の関係は元に戻った。その話は、鎌倉座の座員にすぐに伝わり、広まった。一番先にその件を口にしたのは、山本氏だった。

「おお、良かったな」

と言って、歯を見せて笑っていた。

その笑顔を見た後、私はふと思った。もしかすると、このドラマの台本は山本氏、いや牧場創氏が書いたのではなかったか。先輩杉田と世慣れた協子を脇役にして。

新年元旦のミサ、鶴岡八幡宮の初詣などから、〝神の恵み〟そして〝ご利益〟にあずかったとも言えるが、その推測には現実感が伴うように思われた。周囲が見るに見かねて、のことだった

のかもしれない。

山本家での月例会の折、惇夫人に久しぶりにお会いした。夫人は、

「何があっても、小説は書き続けるのよ」

といつもの言葉を与えてくれた。その折、

「この鎌倉座はね、別名〝出雲座《いずもざ》〟と言われているのよ」

と教えてくれた。当時関わった文士の一人が、そう言ったという。

「戦後まもなくは、八幡宮の境内でページェントもやっていたのよ。夏になると野外劇を」

そんな話を、かつて泰志から聞いたことがあった。

「その頃から座員だった男女は、この座が縁で結婚しているの」

「そうなのですか」

「長男は戦死しましたが、次男鉞郎夫婦、四男静夫夫婦、そして山本栄一さん夫婦も、皆鎌倉座で知り合い、共に仕事をした結果、愛し合って結婚したのです」

「知りませんでした」

「どの夫婦も、今でも円満に暮らしています」

道理で、という気持ちでその話を受け止めた。

「聞いたか、班長殿のお話」

「はい、伺いました」

「班長殿は、偉大な母親だ」

山本氏は、惇夫人を褒め称える。

私は、〞芸術のためには、牛を馬に乗り換えて良し〟と言っている里見惇氏の顔を思い浮かべた。夫と妻が共に暮らすことのなかった日々……。息子を含めた座員の人生、その結婚と円満な暮らしは、夫人の空白感を埋めるものになっているのか。確かなことは分からなかったが、そう思えてならなかった。

私はその後、泰志に招待され、話題のイタリア映画『道』を観に、東京銀座の試写会場に出掛けた。一般の映画館の空気とは違う会場には、新聞記者や映画評論家などの顔も見えて、新鮮な感じがした。映画の内容も各場面に哀愁が漂っていた。特に〞ジェルソミーナ〟という挿入曲が耳に、そして心に残った。

……これで私は〞泰志と結婚した〟と書きたいところだが、そうはいかなかった。

まだ〞予定調和〟という言葉も知らず、五姉安紀子の結婚式で耳にした〞先ずは目出度い〟という日常語、英語で読んだ童話から、〞Happily ever after〟という結びの言葉を覚えたくらいの知識であった。

大きな障害は、若い母親の健康状態であった。当時行われていた結核の外科手術は成功したものの、術後の体力が落ちて未だ入院中、それに加え家にはラクビー部に所属する高校生の弟がいて、合宿中だったのである。一度、鵠沼のY病院に、泰志と見舞いに行った。江の電鵠沼駅から住宅地を歩く途中、近くの湘南学園中学の校庭から生徒の歓声が聞こえていた。母親は、まだベッドに寝たきりであった。笑顔を見せてくれたものの、以前より細くなった身体は、なかなか元に戻らない様子だった。

秋のある日、母が、

「こんなものが、あなた宛てに郵便受けに入っていた」

と厚めの封筒を渡してくれた。封を切ると、受賞者を発表した十一月号の、中央公論誌が入っていた。表紙には〝謹呈〟という判が押されている。何も分からないままページを繰ると、その選評が書かれたところが現われた。受賞者の名前が大きく書かれたその下に、予選通過作品のタイトルとその作者の名前が小さく書かれていた。そのなかに『となりの客』というタイトルと、作者名、庵原高子が載っていた。二十二歳の私には、全てが初めての経験で、考えをまとめることができないまま、しばし茫然としていた。受賞でも全くの落選でもない、……その結果は迷いの多い私をさらに迷わせる結果となった。

十三　世田谷区太子堂

木枯らしの季節になっていた。数日後、また母に呼ばれた。電話がかかってきている、という。急いで階下に下りて受話器を取る。

「鈴田須江子です」

と言うと、

「庵原高子さんですね」

と聞かれた。

「はい」

「中央公論誌の、粕谷《かすや》和希《かずき》と申します」

「は」

「この度は、当社の新人賞にご応募くださいまして、有り難うございました」

「はあ、あの、本は届いて、おります」

緊張した私は、言葉に詰まっていた。

「多くの応募作品の下読みを仰せつかりました。そのなかからあなたの御作を見付けました」

「はあ」

「一度お会いして、今後のことなどお話申し上げたいと思います」

「はい」

私などに会ってくれるのだろうか、という驚きが込み上げていた。当時中央公論社は東京駅丸ビルにあった。

「ご存じの喫茶店がおありでしょうか」

「駅構内に、バリ、という店を」

泰志や、岡谷多和子と行く、馴染みの店だった。

「ではそこで、お目にかかりましょう」

日にちと時間が決められ、そして電話は終わった。母に仔細を話した。

「行ってらっしゃい、しっかりした声の人だったわね」

母は、耳で判断したのか、そう言って励ましてくれた。

約束の日時に、粕谷氏と会うことができた。初対面同士だがどちらもすぐに顔が分かり、椅子席で向き合った。スーツ姿に眼鏡というよくある外見であったが、一般のサラリーマンとは違う

印象があった。先ず鞄のなかから拙作『となりの客』の原稿をとり出す。こちらの緊張が分かったのか、

「どうか、お気楽に、聞いて下さい」

という声がした。先ずこの作品についての批評を聞く。もう一考すべきであった箇所の指摘などがあったが、何一つ反論することができなかった。粕谷氏は言う。

「短編には色々な傑作があります。ところで、あなたは梶井基次郎の『桜の樹の下には』を読んでいらっしゃいますか」

「いいえ」

「『檸檬《れもん》』は」

「それも、読んでおりません」

恥かしさに、顔が熱くなっていた。しかし、何も読んでいないと思われるわけにはいかない。

「島木健作の『赤蛙《あかがえる》』を中学時代教科書で読み、好きになりました。志賀直哉の『城の崎にて』もやはり教科書に。それから図書室に通い……、夏目漱石、芥川龍之介などを」

と話した。粕谷氏は頷きながらその話を聞いてくれた。その後、

「我々旧制高校時代の人間は、本を沢山読んだ」

と呟いた。義理の兄、春山と同じ世代ということか。第一高等学校寮歌、『嗚呼《ああ》玉杯《ぎょくはい》に花《はな》うけて』は、耳にしている。戦後学校制度は六三三制に変わったので、〝旧制高校時代〟という言葉

が生まれている。

最後に粕谷氏は、

「この原稿を掲載してくれるところを、ご紹介したい。今後のあなたのためにも」

と言い、同人誌の名前と連絡先を二つ教えてくれた。一つは、東大卒の粕谷氏の後輩、現役東大生の同人誌『運河《うんが》』、もう一つは『文藝首都《ぶんげいしゅと》』という雑誌から分かれた新しい同人誌『半世界《はんせかい》』であった。礼を言って別れる時、粕谷氏は「梶井基次郎を読んで下さい」と繰り返した。

先ず文京区本郷の東京大学に向かった。その日も冷たい風は吹いていたので、四姉多見子のコートを借りて行った。連絡先は柏原兵三《かしわばらひょうぞう》という学生で、手紙を出すとすぐに返事が届いた。次の例会は東大赤門前のルノワール二階、と教えられた。開始時間より少し早く、赤門前で待ち合わせをした。柏原氏は苦学生という印象の割には、少し太めの学生だった。例会までに少し時間があったので、「ご案内いたします」と言われ、赤門を潜り、有名な庭園そして三四郎池周辺を歩くことになった。戦後市川市に住んでいた十代の頃、同居人の息子が東大生だったので、四姉五姉と共に東大五月祭を見物に来たことがある。その頃から〝東大が好き〟と言っていた五姉安紀子は、一人はしゃいでいた。しかし展示品などが飾られている教室内ばかり回って、庭園は歩いていなかった。

「ここは元、加賀藩の上屋敷だったと」

そう言いながら池に近付く。

「ご覧ください。形が心という字をかたどっています。それで、最初は心字池《しんじいけ》と呼ばれていましたが、明治の帝国大学を今に伝える漱石の『三四郎』以来、三四郎池と」

私はしばしその池を眺めた。心が鎮まる風景でありながら、何かが高まるのを感じた。規模も環境も違っていたが、かつて父と訪れた長竿村の松風庵が目に浮かんだ。

「有り難うございます」

東大どころか、大学と名の付く所に行かれなかった私は、懇切丁寧な解説に感謝し、礼を言った。ふと柏原氏の足元を見ると、その靴の先が大きく破れているのに気付いた。靴下の色が分かるほどだ。それが今でも目に残る。後に氏は『徳山道助《とくやまみちすけ》の帰郷』という作品で芥川賞を受賞している。しかし『運河』誌のルノアールでの例会は、東大生ばかりの上、女性が一人もいなかったので、その空気に馴染めず、掲載も無理のようであったので、次の例会には行かなかった。その後柏原氏は簡単に製本した中編『夏休みの絵』という作品を、郵便で送ってくれた。

次に行った場所は、世田谷区太子堂という町だった。粕谷氏に教えられた連絡先は、佐藤愛子という名の家であった。粕谷氏は、メモを書く時、「この人は、佐藤紅緑の娘で、サトウハチローの妹です」と教えてくれた。今回は手紙ではなく、電話をかけた。

「中央公論の粕谷氏の紹介です」

と最初に言う。すでに連絡が行っていたようで、

「渋谷駅のバスターミナルから、若林行きのバスに乗って下さい。××という停留所で降りて、美容院の角を入って」

と力強い声で道順を教えてくれた。約束の日、私は『となりの客』の原稿を持って鎌倉の家を出た。着物姿であった。正装で、という意味とは少し違っていて、姉たちのお古が沢山あり、その日は少し暖かかったからである。そしてコート代りに、当時流行っていた薄いウールの〝茶羽《ちゃば》織《おり》〟を羽織って行った。短い丈のものだ。

鎌倉駅、品川乗り換え、渋谷で降りて無事〝若林行き〟のバスにも乗れた。説明通りに歩いて、佐藤愛子宅に到着した。広い敷地の中の一軒家であった。すぐに玄関の右手の部屋に案内された。掘り炬燵《ごたつ》のある日本間であった。

その掘り炬燵には、すでに座っている人がいた。半纏《はんてん》のようなものを羽織った三十代と思われる男性である。

「足が悪いので、座ったままで失礼します」

という嗄れ声が聞こえた。それは当時佐藤愛子氏の夫だった、田畑麦彦《たばたむぎひこ》氏であった。私はその瞬間、〝ああ、ここにも足の悪い人がいたのか〟と思った。鎌倉座の山本栄一氏の歩く姿が、濃い映像として私のなかにあったからだ。二人はいつもこの場所で原稿を書いているという。「一緒でも書けるのですか」と驚く。「炬燵は温かいので」と二人は苦笑いをしながらそう答えた。

すぐに私はその前方に座り、自己紹介を兼ねて、大家族のなか育った、などの話をした。粕谷氏はかつてこの誌の同人であったという。炬燵の温かさだけではなく、くつろいだ気持ちになれたのは、同性としての佐藤氏の凛とした着物姿、深みのある声、その苦労人らしい話振りによるものだったと思われる。田畑氏は言う。

「われらが誌、『半世界』の例会は、月一度東中野の〝モナミ〟で行います」

「場所、分かりますか」

佐藤氏の声は優しかった。

「はい、友人の結婚式で一度……」

「それは良かったわ」

S学園で親しかった友人が、その館で披露宴を行っていた。S学園が中央線飯田橋駅近くに存在したので、学友はその沿線に多く居たのだ。

「この原稿の掲載を、同人たちが判定します」

「よろしくお願い致します」

時折、玄関の左手の方角から、年寄りの呼ぶ声がした。佐藤氏は母親も一緒に住んでいる、と話してくれた。

月例会に集まった同人の名前を連ねてみる。今思うと、それは錚々《そうそう》たるメンバーであった。書き手として、北杜夫《きたもりお》、なだいなだ、原史《はらし》郎《ろう》、窪田《くぼた》般弥《はんや》、日沼《ひぬま》倫太《りんた》郎《ろう》、川上宗薫《かわかみそうくん》、水上勉《みずかみつとむ》、小《こ》池多《いけた》米司《めじ》、装丁者に、新井深《あらいふかし》など。それに田畑麦彦、佐藤愛子が加わる。瞳の奥に戦争の翳りを湛えた三十代の男性がほとんどであった。佐藤氏の女友達という人もいて、十五人ほどがモナミの大きなテーブル席の周りに集まっていた。その日も私は着物を着て行った。佐藤氏に紹介され、二十代の私はそのテーブルの隅に腰かけた。どんな会になるのだろうか、まだ何も聞かされてはいなかった。

初めて参加したその例会の主題は、〝埴谷雄高《はにやゆたか》作『死霊《しれい》』を語る〟であった。男性陣の声はすぐに熱気に満ち、時には怒ったり喚いたりしているように聞こえた。狂気、病院、屋根裏部屋の思考……、などの言葉が耳に入る。それぞれが意見をぶつけ合い、その論争は延々と続いた。『死霊』は戦後まもなく発表されたが、作者の健康状態からその時は中断しているという話だった。

「お退屈でしょう」

近くの席の人がそう声をかけてくれた。私は頷くわけにはいかず、首を横に振った。

「いつもこんな感じなんです」

その人の名前は分からなかった。

佐藤愛子氏は、この男性たちのなかに入って発言することはなかった。当時『愛子』というタイトルの作品をこの誌に連載中であった。夫の田畑氏は議論のなかに入っていたが、容認しながらも、突き離している印象があった。私はその様子を見て少し安心していた。議論がやっと終わって、私の原稿が皆に回され、すぐに掲載が決まった。粕谷氏の紹介という力があったと思われる。もう一つ回されてきたのは、川上宗薫氏の原稿だった。少し読むと、男女関係の際どい文章が並んでいたので、すぐに意見を述べることができなかった。

二次会は西新宿の裏通りになった。鎌倉座と同じく、男性たちは酒を好んでいるようであった。北杜夫氏は、私の前に座りしきりに酒を飲んでいた。そして、私に、「トーマス・マンの『トニオ・クレーゲル』を読みなさい」と繰り返した。さらに「読めば、芸術家と市民生活の違いが分かります」と強調した。里見惇氏と同じく、皆〝芸術家とは何か〟を考えている、ということだ。しかし第八子の末娘である私にとって、その決断と実行は難しく、全てが未知数に思われた。その夜は、佐藤氏の存在に守られていたのか、新宿駅で一同と別れ、無事に鎌倉の家に帰った。

十四　ドラマ『この謎は私が解く』

昭和三十三年になった。私はその年にテレビドラマ前後編と二回出演している。局は赤坂一ツ木にあるTBS、タイトルは『この謎は私が解く』というミステリー劇であった。テレビの画像がモノクロであった頃を知っている人も少なくなったが、当時はテレビドラマの創成期でもあった。

私は最初、通行人などを演じて少額のアルバイト料をもらうつもりでいた。それなのに、画面に出る時間も長い役が付いた。紹介者は大町のようちゃんが〃おじさん〃と呼んでいた男性だった。ようちゃんはきく子の幼馴染、きく子は私の洋裁学園の友……、繋がりを逆に辿ればそうなる。

ようちゃんこと、斎藤庸之介《ようのすけ》の家は大町妙本寺《みょうほんじ》の山門近くにあった。ようちゃんは体が弱く、いつも家にいた。そのためか、広い洋間には市内の子女が集まった。きく子もその一人だ。その家で私は、ようちゃんが〝おじさん〟と呼んでいる男と出会った。「榊《さかき》と言います。赤坂のTBSで働いています」と名乗っていた。その榊に、「局でアルバイトをしないか」と誘われたのである。私はそれならお金がもらえると思い、承諾した。

「劇団鎌倉座の女優さんです」

と、紹介された番組のディレクターは蟻川茂男《ありかわしげお》という名前だった。その男性が後に『文学界』誌の座談会で知り合い、文学の指導を受け、恩人となった天才作家山川方夫《やまかわまさお》氏と、大学時代共に局でアルバイトしていた仲間であり、葬儀の折、泣きながら弔辞を読んだ友人だったとは……、まさに夢にも思わないこと、であった。

「榊さんの紹介では、通行人というわけにはいかない」

蟻川ディレクターはそう呟いていた。小柄で痩身、眼鏡という印象とは違って、榊は局の技術部の主任であり、周囲から一目置かれている人のようであった。ドラマは、開始直後に事件が起きる設定の、まさにミステリーであった。探偵の名は伴大吉《ばんだいきち》、助手の名は県《あがた》くり子。ヴァン・ダインとアガサ・クリスティをもじったことは明らかだった。作者桂一郎氏は、大学時代の兄を知っているとのこと。世間は狭いと思いながらの現場だった。

出演が決まるとすぐ、私は鎌倉座の山本氏に伝えた。

「おお、良かったな」

と言って、氏はいつものように歯を見せた。

顔合わせ本読みなどが終わり、本番当日となった。番組は午後八時から始まる。夕暮れに新橋駅北改札を出て、左手の赤坂に向かうバスの停留所に向かった。バス停の前には数人が並んでいた。その後尾に立った途端、脇から飛び出して来た者に驚き、「あっ」と声を上げた。それは会社帰りの倉田泰志の姿であった。待ち構えていたのだろうか。

「これから局に行くのだろう」「ええ、はい」

「気を付けて、落ち着いて」「あ、はい」

その出現が意外で、何も言葉が出なかった。間もなくバスが来て一人乗った。台本の台詞が頭のなかにあって、考えはまとまらなかったが、これまでの泰志とは〝違う〟という印象が強かった。バスはほどなく局の前に着いた。局の入口まで石の坂を上った。

脚本は、前編で事件とその周囲の人びとの動きを見せ、視聴者が犯人ABCDいずれかを推理して葉書を出し、後編が終了した後、当選者を発表する、という構成になっていた。葉書は毎回かなり届いている、という話だった。私は犯人役ではなかったが、仲間の一人なので、〝分かりにくい表情をしてください〟と注文があった。しかし演技指導や本番中の印象などは、あまり覚えていない。麻雀をするシーンがあり、稽古の折、「牌の積み方などご存じですか」と聞かれ、「はい、子供の頃、兄が友人たちとやっておりました」と答えたこと。

もう一つは、靴を脱いで場面背景の裏を走ったこと、などが記憶に残っている。ヴィデオの技術がなかった時代、今の場面が変わるとすぐに、次の場面まで背景の裏を素早く移動しなくてはならない。音を立てないために靴を脱ぎ、それを手で持ち薄暗闇のなかを走る。靴を履いて位置に付く。

「絶対に転ばないで下さい」

とサブディレクターに言われ、緊張した。転んで声でも出せば、番組は壊れてしまうのだ。恐怖心はやはり記憶に残る。そして何とか無事に、前後編が終了した。謝礼は振り込み形式ではなく、その場で封筒に入ったものを手にした。私は家で心配している母に、明日は好物の羊羹を、と考えた。

その後、榊からは本番中の写真を数枚送ってきたが、それきり会うこともなかった。もちろん、テレビ局のディレクターからは何の連絡もなかった。粕谷氏から電話があった世界とは違っていた。私はやはり女優には向いていない、自分にもその気はない、と改めて感じた。

また元の生活に戻った。家の日々は単調ではあったが、下宿人の入れ変わりがあった。かつて兄夫婦がいた北側の十畳間に若い男性が住むようになった。すでに両親を亡くした松野《まつの》兄弟で、兄は身体が弱いのか無職で、弟はジャズピアノを弾いて暮らしを立てているという話だったが、ピアノを運んできたわけではなかった。

もう一つ、変化と言えば、泰志の私に対する態度が、あの日新橋のバス停以来、違ってきたということだ。スマホなどがなかった時代、固定電話、公衆電話でしか、連絡することができなかった時代、知人友人が突然家に現われることも不思議ではなかったが、会社帰りに、突然姿を現わすようになっていた。

「母はもう退院し、家に居ります」

という報告も兼ねて、母のいる茶の間に上がり込んだ。たまたまその場にいたジャズピアニスト松野と顔を合わせる。「おう」という声が上がる。松野は慶応高校で泰志の一年先輩で、顔見知りだったと知る。その後松野は家庭の事情で中退し、現在に至っているという。泰志はこの兄弟に比べればまだ恵まれている方だな、と私は思う。しかし泰志はまだ踏ん切りがつかないのか、私との行く先について、何も口にしなかった。

そのうちに映画会社勤務の杉田とテレビタレント協子の結婚式の日取りが決まった。その披露宴は、赤坂のパブの二階で行われた。鎌倉座の座員はほぼ全員出席した。新夫婦になった杉田と協子は嬉しそうに挨拶をし、それから胸を合わせて踊った。皆で拍手をした。

惇氏の息子兄弟、そして山本氏は年齢の功もあって、言わなかったが、若い座員のなかには、

「お須江さん、羨ましいだろう」

と露骨な言葉を吐く人もいた。私はどのような返事をすれば良いのか分からなかったので、黙っていた。

しかし、時には嫌な思いもする鎌倉座を退団しようとは思わなかった。大学進学を諦めたあの暗黒の時代、暖かい手を差しのべてくれた場所を、捨て去る気は毛頭なかった。それぞれの座員

ち場所だったが、浴衣の大量生産で発展してきた地域であり、戦後の混乱期に家業を失い行き場のない人々を迎える場所、それは戦争のあった昭和の時代、傷付いた若者たちが温かみを求めて流れ着いた〝第三の場所〟とも言えた。倉田泰志もその輪の中にいる〝小さな光〟という印象も消えなかった。

杉田と協子の新居は、元から一人暮らしをしていた協子の家で、由比ヶ浜海岸に近い場所だった。母親が再婚してアメリカに渡って以来、協子は一人暮らしになり、タレント活動をしていた。私は時折その家も行ったが、山本家に次いでまたも奥の寝室のダブルベッドに目を奪われ、心が騒ぐのを抑えることができなかった。戦後日本人が使うようになったダブルベッドは、ハリウッドから入ってくる映画を観て、憧れた者が多いという説もある。私もその一人であったが、日本で見る機会は少なかった。

その夏の『半世界』誌の例会は、田畑佐藤夫妻の家で行われた。

暑い季節、私は半袖のブラウスにスカートという姿で行った。炬燵のあった和室を通り過ぎたところに広い居間があり、そこに同人が集まっていた。椅子が置かれている窓際とは反対の方角に、衝立が置かれていた。その奥がどうやら寝室になっているようだった。その時も、カヴァーをかけたダブルベッドが目を射ることになる。

さらに、初めて夏服を着て、首筋や腕を見せる結果となった、若い私に対する三十代男性の反応が、いつもと違っていたのである。

「少し、太られましたか」

田畑氏にすぐ言われた。そう言えば、洋服を着て参加したのは初めてだ、と気付く。

「いえ、いつもと同じです。着物を着ると〝着やせ〟するのです」

「〝着やせ〟ですか」

「微妙な言葉ですね」

「男にはあまり、使われないな」

男性陣の書き手から、そんな言葉が飛んできた。

私は、母や姉たちが話す日常語を口にしたつもりだった。

予想外の反応があったので、助け舟を求めるように、佐藤愛子氏の顔を見たが、氏は相変わらず黙っていた。目も耳も、男女の関係に敏感で、想像力も湧いたのは、私の年齢と気質によるものだったとは思うが、少し痩せたと言っても体重も少しずつ戻ってきて、母譲りの体型が人目を引くことが原因だったとも思われる。そしてこの日初めて『半世界』誌の例会に現われた書き手は、三十代の書き手よりは少し若い、東大卒の小説家、宇野《うの》鴻一郎《こういちろう》という男性であった。直接話はしなかったが、真面目そうな印象があった。しかし、氏は後に官能小説家と言われるようになっている。私は感受性が強い割には肝の小さい人間で、次の会はあまり肌を出さない服を、と考えた。

そしてまた鎌倉の家に戻った。少しずつ強くなっている点は、やはり付き合ってまもなく三年になる泰志への対応であった。相変わらず、泰志は勤務が終わり、それから電車に乗った時間を加えた頃に現われた。酒を飲んで遅くなって来ることもあった。年老いた母は何も言わず、一度締めた玄関を開けてくれたが、怒っているのは夕食を作って待っている泰志の若い母親の方だった。遅くなって電話のベルが鳴る。受話器を取る。

「泰志は、そちらに行っていますか」「はい」

「心配して待っているというのに、一体どういうことなんですか」

「すみません」

小さな声で侘びを言うと、今度は私の母が怒る。

「おまえが謝ることはない、向うが勝手に来るのだから」

しかし、一度謝ってしまったものは、取り消すわけにもいかない。泰志はそれでも私の家にやってくる。それは猛攻撃、と言っても良いほどだった。そのうちに泰志の心が読めてくる。彼は、何か私に言いたいことがある、のだが……諸般の事情から、言えずにいる。一度落ち着いて話さなくてはならない。母とも相談し、休日の前日夕方、こちらから泰志の会社に電話をかけ、近くの喫茶店で待った。泰志は約束通りに来た。

コーヒーを注文すると「ビールはないのか」と言う。

「お願いだから、今日はアルコールなしで、話をしたいの」

「でも、飲まないと、……話せないこともある」

「上手に話せなくても、いいの」

そして私は相手が、話したい言葉を、……探って見付けるのを黙って待った。泰志は運ばれたコーヒーを一口飲み、また飲み、今度はハンカチを出し、汗を拭った。そして最後に水を飲んだ。やっと話したのは、三十分も経ってからだった。

「……僕はお須江と結婚したい、……結婚して欲しい。しかし、家の事情が、複雑で」

という言葉が途切れ途切れに聞こえた。そして、

「お袋には、ぼくを、親父が社長だった倉田商店に入れたい、……強い夢が、ある。それが凄い」

およその見当は付いていた。母親は、〝結婚はそれからにして〟と言っているらしい。しかし、それはいつになるか分からない。結論は出なかったが、最後に泰志は、

「結婚してください」

とはっきり言った。

「プロポーズしてくれて、有り難う。お受けいたします」

と答えた。その後、

「お母さんの夢を、二人で力を合わせて叶える、という方法もあるかと、その件は、家に帰って、母と相談してみます」

と告げた。話が一段落すると、泰志はやっと笑顔になり、「一週間働いたのだ。土曜の夜くらいは飲みたかったな」と言った。

その日から一週間後、年老いた私の母が、泰志の若くそして病身の母を訪れた。腰を低くしな

がらも全てをリードするという形で、婚約は来月、結婚式の日取りは十一月初旬、由比ヶ浜カトリック教会で行う、と決めた。若い母親が一つだけ出した条件は、家は二階家なので〝同居する〟ということだった。私の母が出した条件は、現実的なことではなく、「このお家は仏教徒ということですが、娘を〝教会に行かせてください〟」という願いであった。

「お須江のお母さん、凄いね」

泰志はそう言って、驚いていた。私はふと「この謎は私が解く」というドラマのタイトルを思い出していた。そして母の一番の能力はこれなのだと痛感した。

母は、それらの全てを手紙で兄に知らせた。私はそれから泰志を小石川の兄の家に連れて行った。

兄は、少し話をしたあと、無言で将棋台を出して駒を並べ始めた。泰志は向き合って、同じように駒を並べた。一時間ほど二人はそうして駒を進めていた。私は台所に行き、兄の妻小夜子の手伝いを始めた。小夜子は「おめでとう」と祝ってくれた後、

「この家の土地は、地下鉄丸ノ内線が開通することによって、その車庫の地として、買い取りの話が来ている」

と言った。私は「えっ」と聞き返した。この切支丹屋敷跡は、父が好んで買い取った土地だったからである。

戻ってくると、勝負は終わっていた。どちらが勝ったのか分からなかったが、兄は泰志の能力

を試していたことは明らかだった。後になって兄は、

「泰志君は、頭は悪くないが、少し気が弱そうだな」と言っていた。兄の標準で〝気が弱い〟と言われても、あまり苦にはならない、兄と違っていたからこそ、好きになったのだ、と改めて思った。静岡市にいる五姉安紀子にも、手紙を書いて報告した。四姉多見子は、近くのバーで働き始めていた。

私はその日から、半年かけて小説を一作書いた。青春の記念に、これだけは書いておきたいという気持ちがあり、その素材を二人称の手紙体にして百枚で仕上げた。『降誕祭の手紙』というタイトルだった。岡谷多和子に「最後の作品を書き上げました」と告げると、

「それなら、『三田文学』の坂上君を紹介するわ」と言ってくれた。

後に世話になった優秀な作家坂上弘氏である。しかし、どういう経緯があったか知らないが、その約束の場に現われたのは、Nさんという別の編集者であった。どちらも多和子の都立H高校時代の同級生であり、共に慶應の学生になっている。事情があったのだろう。私は何も分からないまま、百数枚の原稿をNさんに渡した。四日目に電話があり、

「九月号に掲載させて頂きます」

という返事があった。その後『降誕祭の手紙』は、『文学界』誌の、全国同人雑誌最優秀作に選ばれ、転載料も受け取っている。もう思い残すことはない、という気持ちで、私は結婚の準備に取り掛かった。そして母に無理を言って、横浜の家具屋に行き、安売りのダブルベッドを買っ

てもらった。

十五　結婚生活

結婚式と披露宴は無事に終了した。

支度をして由比ヶ浜カトリック教会に行く寸前に、兄と小夜子がバス停の方角から走ってきた。「やっと肩の荷が下りたな」と言いながら……。さらに遠方から糸魚川市の医師、勲が駆け付けた。手には高砂人形のケースを持って……。

姉の一人五姉安紀子はその前年男子を産んでいた。鎌倉座の座員、山内氏、山本氏も足を運んでくれた。岡谷多和子も出席し、涙を流して喜んでくれた。私は、負けたのか勝ったか分からないまま、式に臨んだ。物事は、中間的なところにあるものが真理なのかもしれない。そんな気がしていた。

披露宴が終わった後、人並みに伊豆山のホテルに新婚旅行に行ったが、長い春があった挙句のことゆえ、甘い言葉を交わすこともなく、これからの経済問題を話し合わなくてはならなかった。

泰志は母親の収入について、

「倉田商店から、月々僅かな給料をもらっている。非常勤の役員、という名目にしてもらってのことだ。しかしそれだけでは足りない」

と言う。

「一階の二部屋を使わせてもらうことになったが、家の持ち主は母なので、月々部屋代を払おうと思う。食費も人数分を……、いいかな」

「賛成です」

「お袋は、話し相手を欲しがっている。それも頼む」

「はい」

「子供は欲しいが、今の僕の給料では、当分は作れない、と思う」

「そうですね」

私は、尾崎一雄氏の名作『暢気眼鏡』にも、似たような一文があった、と思いながら頷く。あれ以来、手紙を書かなくなっていることが、どれだけ申し訳なく思っているか、その気持ちを新たにしながらの返事でもあった。

「小説を書かせてください」

「分かっているよ、それは」

「泥臭く、粘るつもりです」

泰志は、苦笑いをしていた。

旅行から戻った翌日から、倉田の家での暮らしが始まった。泰志が出勤し、義弟がラグビー部の練習を兼ねて横浜の日吉に向かった後、私はその日から姑となった泰志の母梅子と二人きりになった。台所の片付けが終わり、仏壇を挟んで卓袱台の前に、向かい合って座った時だった。

「明け方、いつもの夢を見たわ。目の下に大きな川があるのよ。日本では見たこともないような幅の広い川、国境の川……、それも、茶色く濁った水が音を立て、渦を巻いているのよ」

前触れもなく、そんな話が始まった。今後の暮らしについての注意などあるかと思っていた私は、意外に思いながらも黙って聞く。

「私その時、死のうと思ったの。主人は哈爾浜《ハルビン》で倒れ、重体ということだったし、もう生きる道はない。ここで飛び込んだら死ねる、と」

なんという名の川なのか、と訊ねたかったが、口は動かなかった。

「その時、横合いから小さな洋二が現われたの。汽車の座席からいなくなった私を探しに来たのね。私は、はっとして、気付いた。ああ、私はまだ死ぬわけにはいかない、と」

そこまで話し、梅子はやっと茶をひと口飲んだ。そして少し落ち着いた表情になり、

「この川の夢は、よく見るのよ」

と微笑んだ。それは、敗戦直前に出張先の哈爾浜で、脳溢血で倒れた夫を迎えに行った時の話

だった。長男泰志の世話は鎌倉のばあやに頼み、二歳の洋二のみ連れて行ったという。当時、梅子は三十代半ば、その翌年夫伊佐男は亡くなる。

「あなたにこの話、聞いてもらいたかったわ。お父さまと暮らしていた頃の夢も、よく見るの」

結婚式以前に、このような話は聞いていなかった。川の名はその後、朝鮮半島と中国大陸の境目に流れる鴨緑江《おうりよくこう》と知った。濁流の風景を私の脳裏に刻みつけたあの話は、〝今日から、須江子さんは私の家族です。家族なら、私の人生を受け止めてください〟という意味の、言葉の洗礼だったと解釈する。

次の日は、隅田川の風景が忘れられない、と話す。新婚時代に住んだ家の前にその川はあり、庭からも眺められた。休日にその庭に椅子を置き、伊佐男は酒を飲んだ、新婚旅行には行かず、家で三日間二人だけで過ごしたと言い、その間に伊佐男が書いた日記帳を大切に持っていた。時にはその日記帳を広げて、「読んでみてちょうだい」ということもあった。

年寄り育ちの私は、若い母親、そして若くして未亡人になった梅子という人が、まだよく分からなかった。経験から言っても、実家の母は、父が死んだあと、〝お父さんの夢を見る〟という言葉を吐いていなかった。十分に介護をして見送り、静かに祈る気持ちになっていたと思われる。

梅子はその後も、事があると〝お父さまが生きていらしたら、こんな苦労はなかったはず〟と言い、天を仰いだ。実家の母は父を〝お父さん〟と言い、梅子は〝お父さま〟と言う。その表現も違っていた。

私は、夫泰志が帰宅し、二人きりになった時、梅子の生い立ちを聞く。

士族の娘、近江商人の一人娘として大切に育てられ、見合い結婚した梅子は、それまで何不自由なく暮らしていた。嫁いだ倉田商店も繁栄し絶頂期の頃で、明治三十八年生まれの伊佐男は、兵役を逃れる年齢だったという。その夫がわずか四十一歳で倒れ、まもなく息を引き取った。梅子は三十五歳だったという。

「再婚しなかったの」

「しなかった」

「どうして」

「母の話では……、洋二の勉強を教えに来た家庭教師に、結婚を申し込まれたことが一度あったが、承諾しなかったと」

「気に入らなかったのかしら」

「いや、そうではなかったらしい」

「まだ三十代なのに」

「理由は二つある。一つは倉田家から籍を抜くと同時に、倉田商店からの給料が無くなる。持ち株もおそらく消える。つまり母は無収入になる。それが怖かったと。もう一つの理由は、この、ぼくにあるらしい」

「あなたに？」

「そういう年齢だったのかな。母の話によると、慶應普通部から、高校に上がる頃のぼくだ。〝ただいま〟と言って家に帰ってきた時に、その家庭教師が家に来ていると、たちまち機嫌が悪くなったという」

「どんな人だったの」

「あまり覚えていないが、父と違って痩せ型の若造だったな」

泰志は苦笑いをしていた。どんな理由があったとしても、最後の決断は本人の梅子がしたのだ。私はそう思ったが、泰志は少しだけ責任を感じている様子だった。

「隣人を自分のように愛しなさい」

という言葉が、聖書のマタイによる福音書に出てくるが、姑の人生を丸ごと受け止め、さらに愛することは簡単な仕事ではなかった。経済感覚となると、月末の支払いの数字にはっきりと表れるので、愛だけでは済まされない問題が残った。しかし当時の梅子は、背中に外科手術の跡を残す病後の人……、労わらなくてはならない。

その梅子が、頼りにしている隣人夫婦がいた。

〝田辺のパパ〟と呼ばれていた隣人のことは書きたくないが、やはり書かないわけにはいかない。それは若い頃、この隣人をモデルにして小説を書いたが、その存在感が上手く表現できずボツになっている。書くにしても書かないにしても、ともかく扱いにくい存在であった。……その巨体を持つ隣人男性は、〝欲望の塊〟だった。仏教の言葉〝欲界〟に居て、色欲、食欲の二欲の強い有情《うじょう》に住《じゅう》する人、と先ず書いておく。

田辺のパパは、亡くなった伊佐男の大学の後輩で、梅子を先輩の夫人として立て、擁護もしているようだった。しかし私に対する態度は違っていた。

旅行から戻った夜、梅子に導かれ、泰志と私はその家に挨拶に行った。

事前に梅子から、予備知識を与えられた。

「田辺のパパは、医学部を卒業し医師免許を持っているの。医学部の学生だった時、何処で勉強をしていたと思う?」「さあ」

「待合茶屋に、ずっと居たそうよ、それも上等の部屋に」

「……」

「その後も、帝国ホテルは〝顔パス〟で出入りしたそうよ」

資産家の家に生まれ、インテリと遊び人の両面を持つ人のようだった。現在診療所を開いているが、他の医師を雇い、診療はしておらず、タクシー会社を経営している。さらに妻は華族の生まれと聞かされた。

玄関に現われた主人は身長も体重もある大男だった。顔立ちも濃厚で、特にその大きな眼球が油のように光っているのが印象的であった。酒の匂いがしていた。泰志と共に頭を下げた。

「よろしくお願い致します」

だれでもがする挨拶をして帰るつもりだった。その時、田辺の妙な笑い声が聞こえた。

「母親が、未亡人で苦労をしているというのに、結婚なんかしやがって、いちゃいちゃしてるって話じゃないか」

それは泰志に言っているように聞こえた。その××しやがって、という言葉は、それからもずっと続く。

「何日も、同じ男と寝て、飽きたろう。今夜はおれと寝ないか」

それは明らかに、私に対する言葉だった。何ということを言う人か。

驚いて泰志と梅子の顔を見る。泰志は曖昧な表情を浮かべているが、梅子はまるで若い娘のように恥じらって顔を赤く染めている。田辺の妻も、いつもの冗談と思っているのか、注意もしていない。夫婦の交わりが毎夜続いていることは確かだが、愛が基本になっている、という自覚もある。これが新しい家の隣人か。衝撃を受けたまま家に戻った。

茶の間に入ると、梅子は言い訳のように話す。

「男の子を育てていると、父親代わりの人が必要になる時があるの。特に今の洋二には……。あなたはまだ分からないと思うけれど」

反対側の隣家は、前の家から一緒に移ったというじいやばあやの家、村多家だった。台所の出口から五メートルほど歩いたところにその家の玄関があったが、境の垣根もなく、微妙な存在に感じられた。その家には挨拶には行かず、向うが〝よろしくお願いします〟とやってきた。じいやと呼ばれる男、村多一平は小柄な年寄りで、ばあやはその夫の背丈を越えるほど長身だった。

私はまた険しい山道を越えなくてはならなくなっていた。

毎朝、家事が片付くと、梅子は買ったばかりのテレビのスイッチを押し、その画面を見続けた。古道具を二三売って、新しいテレビを買ったと聞いていた。最初は、歌舞伎座公演の中継や、ラグビーの試合などを観ているようであったが、いつのまにか他の番組も観るようになっていた。

ある日の午前中、洗濯物を庭に干して戻ってきた時、梅子に声をかけられた。

「須江子さん、ここに座って観てごらんなさい。ほら、こんなに可愛い子供たちがいっぱい……」

観ると、その画面には子供が大勢写っていて、音楽に合わせて踊ったりしていた。なかには、一人だけ遅れて可愛いふりをする低年齢の子供もいた。

「なんて可愛いのでしょう」

「そうですね」

相槌を打ちながらも、時間があったら実家から運んできた机の前に座りたい、と思っていた時だった。「座って一緒に観ましょう」と言われ、やむなくその場に座った。

「これは、NHKの〝おかあさんといっしょ〟という番組なの」

梅子は満面に笑みを浮かべていた。それは当時人気番組になっていたようだ。

〝おててを、ぶらぶら、ぶら……〟という幼児向きの歌が流れている。その日から、ほぼ毎日その番組を観ることになる。〝何故〟と聞きたかったが、笑顔を前に、そんな勇気もなかった。そのうちに、その魂胆が分かってくる。

「ねえ、須江子さん、子供って、本当に可愛いでしょう。子供ほど可愛いものはないわ」

と私の顔を見ながら繰り返す。そして最後に、

「早くあなたも、子供を産んでくださいな」

と言う。「その費用は、お義母さんに渡す部屋代になって」と打ち明けるわけにもいかない。さらに、〝私たちは新婚で、まだダブルベッドを楽しんで〟とは言えない。

梅子独特の遠回しの言い方は続く。

「女学校時代の友人たちと、話したことがあるの。〝もしも、夫と子供が川に溺れたら、どちらを助けるか〟と。全員揃って〝それはもちろん子供よ〟と、一致したの。そういうものなのよ」

金銭の問題が、話の背景にないのは、育ちの良さからか。困った人と暮らすことになったと、改めて思う。しかし、何もかも失った姑にとって、それが唯一の夢と希望なのだ。

小説を書く、という話もした。泰志が了解してくれたとも。

「結婚した女が頭を使うと、不幸になる。昔の人はそう言っていたわ」

そんな答えが返ってきた。

戸惑いにはかかわりなく、季節は移り十二月になった。街の商人たちへの年末の支払いと、正月の準備をしなくてはならなかった。

非常勤の役員になっている梅子に、賞与というものはなかった。映画輸入会社に勤務する泰志には少額だが賞与がでた。当時〝付け〟という言葉で出入りの商人が勘定書きを持ってくるのは、師走の年末であった。台所口から〝こんちわ〟と声がかかるのが怖かったが、何とか遣り繰りをして〝付け〟を払った。思いがけない〝実入り〟もあった。倉田商店の現社長、倉田守男名で、新巻《あらまき》の鮭《しゃけ》が届いたのである。私が「まあ、大きな鮭」と声を上げると、

「毎年、暮には届くのだ」

と、泰志が教えてくれた。親族会社には、外部の人には分からない、義理や挨拶があるようであった。会社側から言えば、梅子は前社長夫人なのだった。さらに、会社が中央区築地に近いこともあって、市場に馴染みの店があって、蒲鉾、伊達巻、昆布巻き、田作りなどが、安く買えるというルートもあった。泰志と共に走り回ったお陰もあって、何とか年を越し、元日を迎えることができた。近くに住む実家の母からも年賀状が届いた。〝いつまでも、お二人仲良く……〟という直筆のペン文字が目に染みた。

十六　速達葉書

昭和三十四年の三ヶ日は忙しかった。元日の朝から初詣にも行かず、横浜市磯子の、現社長倉田守男の家に年始に行かなくてはならなかった。それは毎年の習慣になっているようで、梅子は屠蘇を祝った後、

「さあ、磯子参りに行ってらっしゃい」

と送り出してくれた。まだ、現在の根岸線は開通しておらず、JR桜木町駅からタクシーに乗った。もう一軒の親戚、父伊佐男の兄の息子、泰志の従兄に当たる男性も妻と共に来て、皆で屠蘇を飲んで祝った。現社長は学生時代相撲部に所属していたという話で、かなり良い体格をし、酒も強そうであった。二日は、梅子の命の恩人でもある鵠沼の病院長の家に礼を兼ねて年始に行った。院長は梅子の予後を案じている様子だったが、「母が待っているので」と言って、早めに帰ることができた。三日は隣家の田辺家に、梅子も共に行った。洋二は友人たちと、秩父宮ラ

グビー場へ観戦に行った。

田辺家の主人は、すでに酒を飲んでいるのが、赤らんだ顔で現われた。

「いつも洋二がお世話になりまして」

室内に案内されてから、梅子はそう言って頭を下げていた。洋二は数年前から反抗期に入っている。普通部に入ってすぐに「自転車を買ってほしい」と言われたが、すぐには買ってやれず、その後三日間、洋二は口をきかなかったという。それが何故か、田辺家の主人を「田辺のパパ」と呼び、懐いている。

「実家は羅紗問屋と聞いたが」

「はい、でも父は亡くなり、今は兄の代に。兄は慶應義塾大学出身です」

「お父さんの出身は」

「愛知県大高の、庄屋の三男坊と……」

「つまり平民だな」という言葉が返ってきた。

一瞬息を飲むが、戦後に育った私は、「時代が変わりました」と笑った。それが気に入らなかったのか、「まだ毎晩なんだろう、おまえたち……、昼間は澄ました顔をしやがって」と、私の下半身に目を落とす。

「お兄さんの、名前は何という」

「鈴田正一郎」

「なんだ、知っているよ。おれの後輩だ」

驚いたのはそのことではなかった。

「弱《じゃく》ボーイだったな、あいつ」と言い、

「飲み会に誘ってな……。もっと飲めと言ったら、〝勘弁して下さいよ〟と泣きそうな顔で謝ってきた、可笑しかったな」

と話したからである。兄の存在をこれほど軽く言う人がいたとは……、それも〝弱ボーイ〟などと侮蔑的な言葉を使って……。

「兄は兵隊に取られ、三年間苦労した、と聞いています。復員後も父の店を再興するために、働きました」

私はむきになって、そう言った。人前で兄を庇ったのは初めてだった。兵役を免れた田辺氏は、その返事を無視するように高笑いをしていた。

何かが、実家にいた時とは違う。……鎌倉座の人びととも異なる。私はそう感じていた。古い時代の家庭規律や、母が通うカトリック教会の教えを守る、文士里見惇氏が主張する、〝芸術のために〟などという目的も見えないのに……、妻が華族の出身で良い顔立ちを持つ、自分も資産家の家に生まれた……それだけでやりたい放題、言いたい放題の男がいる。

E・M・フォースターは、〝貴族制度は地位とか権力にもとづく力ではなく、感受性がゆたかな人びと、思慮のある人びと、勇気のある人々を基盤とする〟と書いているが、そのような深味は田辺氏には感じられない。不快な印象であった。長いあいだの私の苦しみまで馬鹿にされたような気がしていた。

一月七日の七草粥も、十五日の小豆粥も拵えて、四人で祝った。泰志は会社へ洋二はラグビーの部活へとでかけて行った。食べ盛りの洋二は、「おせち料理は飽きた、夕食は肉がいい」と言って、走って行った。当時は輸入品の肉がなく、国産肉の値段は高かった。梅子は、「分かったわよ」と言って、その背中に手を振った。

その直後、長谷東町の母からの電話があった。母は、ただ娘と話したいからと言って電話をしてくる人ではなかった。私は少し緊張してその声を聞いた。

「須江子宛てに、速達葉書が届いているの」

「どこから」

「文藝春秋新社、と書いてあるわ」

一瞬、中央公論社の間違いか、と思った。しかし、母は文藝春秋、と繰り返す。意味がよく分からなかった。

「取りに行きます」

「その方がいいね」

梅子の了解を得て、私は乱橋材木座の婚家から、長谷東町の実家まで走った。家に着くと、母は玄関で待っていてすぐその葉書を渡してくれた。宛名を書いた表面には速達の赤い筋が押されていた。裏を返すと、何行かの文字が並んでいた。タイプライターの文字だったか、手書きだったか覚えていない。

あなたの御作品『降誕祭の手紙』(『三田文学』九月号)が、第四十回芥川賞候補に選ばれましたので、お知らせ申し上げます。

という意味の言葉が読めた。

母は何も言わなかった。私も特に発言はしなかった。作品が認められたという喜びがなかったわけではないが、その何倍もの困惑が湧いていたからである。その葉書を手にして婚家までゆっくりと歩いて帰った。

新婚旅行先で、「小説を書かせてください」「分かっているよ、それは」「泥臭く粘るつもりです」と、夫になった泰志と言葉を交わしたものの、その夫を支配する母、弟の洋二、その母子を擁護する奇妙な隣人、元日から年始に行く倉田商店の現社長……などの顔が浮かんできて、足が重く感じられた。子供も産んで欲しいとも言われている。賞の候補になったとしても、大切なことは今後も書き続けるということなのだ。それができるかどうか……、先が全く見えないのだった。

梅子の元に戻り、葉書を見せて報告をした。

「あら、良かったじゃないの」

その返事も上の空で聞いた。喜んだのは泰志だった。翌日の新聞にその候補者の名が私の名前と共に載ったので、「他の新聞にも載っていると思う。買いに行こう」と言って、自転車の後部に私を乗せて、鎌倉駅の方向に走り出した。西口の駅前には各社の新聞を売る売店がある。寒い時期であったが、頬をよぎるその風が心地よく感じられた。泰志は全部の新聞を買って、家に帰りそれを広げた。すべての新聞にそれは掲載されていた。

芥川賞候補には、金達寿、山川方夫、吉村昭、などの名が載り、直木賞には池波正太郎、城山三郎、野口冨士夫の名が載っていた。私はすぐにそれらを畳んで片付けた。お祭り騒ぎはしたくないという気持ちが湧いていた。賞がもらえるという気持ちも湧いていなかった。芸術の道は厳しい、ということは惇氏の言葉を借りなくても、尾崎一雄氏に手紙を書いた頃から分かっていた。

各新聞社から、「写真を送ってください」という連絡が届いていた。新婚旅行の写真を送るのもどうかと思ったが、他に近影はなく焼き増しをして送った。その夕方神奈川新聞の記者が突然やって来た。取材をしたいと言う。まだ自分の匂いも付いていない家に通すのも憚られたが、断ることもできず、家のなかで幾つかの質問を受けた。有名文芸誌の編集者個人からも手紙が届くようになっていた。「新潮」誌からは菅原國隆副編集長の名で届いていた。私のような馬鹿のところへ、これほどの人が……、という驚きと感謝の気持ちが溢れた。

間もなく受賞者が発表された。芥川賞は該当作なし。直木賞は城山三郎『総会屋錦城』、多岐川恭『落ちる』と決まった。それで一件落着したようであったが、私の気持ちは複雑であった。その夜、ベッドの上で、夫が眠った顔を眺めながら、考えていた。

婚家に暮らすようになってから諦めも湧いて、投げ遣りになってもいたが、私は文学修行から逃げていたのかもしれない、と。

自分自身が怖かったのかもしれない。逃げ切れると思っていたのか。逃げている私を芥川賞候補が、いや文学の神様が追いかけて来たのではないか。おまえはもう逃げられないのだよ、と言いながら。

やはり、末っ子のみそっかす、三文安の弱虫なのか。そう思いながらも、このままで終わりたくない意欲も湧いていた。あれこれと考えたが、結論が出ないまま眠ってしまった。まもなく夜が明け、朝が来た。

前を向いて歩き出さないわけにはいかなかった。洗顔をしてすぐに台所に向かった。

その冬、家の近くにスーパー・マーケットが開店した。食料品の種々、日常雑貨などを売る店という。それまでは魚は魚屋、肉は肉屋、野菜は八百屋、と行かなくてはならなかったが、その点便利になった。商人の配達を待つかつての主婦とは違う動きになる。外にでると梅子の話し相手から逃れることもできる。ついでに、梅子には内緒で長谷東町の実家に足を向けることも。密かに私はそう考えた。

ある日母を訪ねると、

「汁粉を煮たところだ、食べてお行き」

と言われ、上がりこんだ、茶の間には実家独特の餡の匂いが立ち込めていた。母が台所にいるあいだ、綿の風呂敷を一枚借りようと思い、奥の部屋の箪笥を開けた。スーパーで買った荷物が袋からはみ出していたからである。

木目の色が濃くなった、古い桐箪笥の引き出しを開けて息を止めた。そのなかには『降誕祭の手紙』が掲載された『文學界』誌が積み重なっていたからである。五六冊、いやもっとあったかもしれない。母の足音が聞こえたので、私は急いでその引き出しを閉めた。私は急いで汁粉を食べて梅子の元に戻った。

後になって、四姉多見子から聞いた話では、母は「賞の候補になっただけでも、嬉しい」と、涙を溜めていたという。文学の神様と共に、母の思い、そして遠くに父の存在も感じられた。

十七　作家山川方夫

翌日、その『文學界』誌編集部から、三月号に「芥川賞候補作家は語る」という座談会を企画したので、出席して欲しい、という往復葉書が届いた。司会者は『如何なる星の下に』の作者、高見順氏と書いてある。私は夫泰志にそれを伝えてから、返信葉書に出席と書いて投函した。困惑はあってもこちらの方も歩き出さないわけにはいかなかった。

当日はまだ寒かった。いつもの着物に茶羽織という姿で、鎌倉駅から横須賀線に乗り、東京方面に向かった。新橋駅で降りて日の暮れ始めた銀座裏を歩く。当時文藝春秋新社は、銀座西、という地域のビルディングのなかにあった。座談会の会場は、その最上階にあるTという日本料理店の一室であった。エレヴェーターに乗りその会場に到着した。司会者の高見順氏以外の人は、すでに集まっていた。候補者としての出席者は私を含め五人であった。担当者は丁寧に迎えてくれたが、こちらの姿勢はまだ揺れ動いていた。

「……候補作家は語る」と銘打っても、「芸術のためには、馬を牛に乗り換えても」と言って、小説を書き続ける里見惇氏、婦人参政権獲得運動に尽力した市川房枝氏のように、はっきりとした主張があるわけでもない。……いや、そうではない。私はこの候補作『降誕祭の手紙』を命がけで書いた。恋愛のリアリズムを体験し、その現実を痛いほど知らされたからだ。七キロも体重を減らした。〝愛するということは、一体何なのか〟それを探っていきたい、と主張してもおかしくはなかった。たとえ一時的なポーズであったにしても、その発言は私という書き手の輪郭になったと思われる。しかし私はまだ、そう言った自己宣伝の方法は知らず、書き手としてのプロ意識も持っていなかった。

やがて司会の高見順氏が現われた。

「今日はなぜ『文學界』が僕を選んだか分からんのですがね。僕は新しい世代への理解者ってことじゃないんでね。（笑）恐らく諸君は僕を敵にはしてないだろうし、僕の方は諸君を敵にしている。それは新時代の敵っていう意味だろうな（笑）」

さらに「僕は〝最後の文士〟といわれる人間だから」という言葉を加え、座談会は始まった。

大きなテーブルを挟んで、司会者は真正面に坐し、斜め前に山川方夫氏が、私の右隣には吉村昭氏が坐していた。山川方夫氏の『その一年』『海の告発』はすでに読んでいた。『三田文学』誌に掲載されたもので、編集者としても活躍中と聞いていて、興味があったからである。『その一年』は戦後の混乱期を書き、『海の告発』は、母親が海に子供を捨てようとする話だった。どちらにも、この世の生きづらさと悲しみが描かれていて、共感できる箇所がいくつかあった。

しかし、座談会での山川氏は、作品の主人公とは違う勢いと、弁舌力があった。その主張もはっきりとしていた。弁舌は続いていく。いつも仲間と議論を重ねているのか、馴れた話し方に聞こえた。

「作家はエリート意識を持たなくてはいけない。その意識のないところに良い作品は生まれない」

山川氏はそう言い続けていた。〝エリート意識〟という言葉は、当時使われ始めていた。日本語では〝選ばれた人々〟と訳されている。未だ汚名を引きずっている〝みそっかす〟〝三文安〟それも〝第二部の第八子〟の私には馴染めない言葉であった。

高見順氏は、

「僕らの場合エリート意識はなかったんだ。むしろ自分を落しめる意識だったんですね」

と言う。

「その逆ですね」

と山川氏は返す。

「僕らの時分、文学をやっていると親兄弟からも勘当される状況ですよ。ペンネームを使うのも、こっそりやるから」

と高見順氏は続ける。

私の気持ちは、むしろ古い時代の高見氏に近いと思われた。隣席の吉村昭氏は、座談会が始まる寸前に、

「ぼくの妻も小説を書いております」

と話してくれた。後に名を成した津村節子氏のことだ。山川氏に比べれば発言も少なく、穏やかな人柄に思えた。私はまだ、自分が第八子の末娘であり、〝みそっかす〟と言われる星の下に生まれている、と話し、……その劣等感を明らかにし、逆の面からアピールすることができなかった。そしてその座談会は終了した。その後立ち上がり、高見順氏を囲んでの写真を撮った。出席者への謝礼も渡された。

和食の料理が運ばれた。平素はなかなか口にできない高級料理であったが、落ち着いて味わえなかった。エリート意識という言葉が胃の腑に引っかかっていた。いたたまれない気持ちでいっぱいであった。「本日の会はこれで終了といたします」という担当者の声と共に私は立ち上がった。正面左右に深く礼をしてから、退室した。その先は広いエレヴェーターホールになっていた。降りる方向のボタンを押したが、古い時代のエレヴェーターゆえ、下からのケージはなかなか上がってこなかった。私は此処でしばらく待つことになる。……この数分、この待ち時間が、私の、その後の運命を分けたように思われる。

後ろから走ってくるような人の足音が聞こえた。振り向くと、そこに山川方夫の白い顔があった。よく通る声も聞こえた。

「庵原さん、山川です。この度は『三田文学』に、良い小説を書いて下さいまして、誠に有り難うございました」

驚いた私は、何も答えられずに茫然としていた。座談会の最中の、攻撃的とも見えた表情は消えていて、微笑を浮かべながら頭を下げてもいたのである。

「一度、お話しをしたいと思っておりました。少し前まで、『三田文学』の編集をしておりました。今後ともよろしくお願い申し上げます」

名刺が差し出された。

「あ、私は名刺を持っていなくて」

「結構ですよ。『降誕祭の手紙』は、二人称の手紙体が良い表現になっていて、完成された作品になっている、と。それからですね」

エレヴェーターのケージは一度上がってきたが、話が終わらなかったのでやり過ごした。何処まで話が続くのか、と思っていた時、後ろから来た女性の担当者から、

「山川さん、ご出版の打ち合わせが少しありますが」

と声がかかった。

「それでは庵原さん、ご都合のよろしい時、ご連絡ください。失礼いたします」

「有り難うございました」

何度目かに上がってきたエレヴェーターの扉が開き、私はそれに乗った。

その三月、山川氏の短編集『その一年』が、文藝春秋新社より刊行されている。

その後私は山川氏に連絡し、銀座裏の喫茶店で会った。文学に惹かれた経緯などを話した。しかし、要領を得ない話し方だったと思う。私は山川氏宅への電話連絡を婚家からすることができなかった。婚家の電話機は、茶の間に近い廊下の壁に取り付けられていたので、姑の耳を意識しなくてはならない。私はいつものようにスーパーの帰りに実家に寄り、使い慣れた電話を使用した。文学の先輩への連絡ゆえ、何もこそこそする理由はなかったが、理解してもらえる確信がなかったのである。

山川氏は独身のようだったので、「昨年秋、結婚いたしました」と話した。

「それはおめでとう。しかし、もったいないな、こんな時期に」

氏は正直にそう言った。

「はあ、そうですか」

芥川賞候補になったのに、という意味に思える。〝こんな時期〟とだれが予想できたろうか。神の取り計らい、としか思えないこの事実を、だれが。

答えに窮したので、話題を変えて夫の経歴その他を話した。

「夫が幼稚舎から慶應で」

「本当ですか、それは偶然だ。ぼくも実はそうなんです」

山川氏は夫の四年先輩の、幼稚舎生と分かる。

後に山川氏は文学の教えとして、〝頭は残酷に、心は優しく〟と唱えていたことを知る。

翌週、私は氏の書斎を見せてもらった。その家は五反田駅に近い、下大崎の、通称島津山という地区にあった。改札口まで迎えに来てくれた山川氏の顔は明るく輝いていた。約十分歩いたろうか。住宅地の左側にその家の門があった。門を過ぎるとそこには山道があった。広い石段を並びながら上った。私の足はまだ若く丈夫だったが、かなりの道のりであった。

「この坂、毎日上ったり下りたりするのですか」

「ええ、ぼくは慣れていますから」

「お酒を飲んで、酔ったときなど、大変ですね」

「ぼくは酒を飲みませんから」

当時、山川氏は身体が弱く、療養も兼ねて酒を口にはしていないとは知らなかった。私の心はすでに酒飲みの夫に毒されていたのかもしれない。

玄関には、礼儀正しい母親と姉上が出迎えてくれた。亡き父親の画室になっていたという和室に通される。母屋からは少し離れた場所の一画である。

「ここはずっと、さる会社の寮に貸していた。次が決まるまで、今は空いている」

山川氏はそう説明する。和机を挟んで向かい合って座る。姉上が盆に乗せた茶を運んできてくれる。手の運びも至って丁寧である。姿が消えてからふと見ると、入口の襖が二十センチほど開いている。姉上が故意にそうしたと思われる。十代の後半に耳にした教えが心に浮かぶ。

〝男女が二人同室する場合、入口を少し開けておくこと、それが義務〟

そんな意味の言葉だったが、戦後の住宅難の最中ゆえ、聞き流した記憶がある。改めて私は若い女性であることを意識する。山川氏は書斎から一冊の本を持ってきていた。

「この本を読んだばかりなんだ。とても興味深い」

題名は『エロティシズム』作者はジョルジュ・バタイユ、訳者は澁澤龍彦と書かれてあった。

「生命の基本が書かれている。……つまりそれは、エロティシズムとは死にまで至る、生の高揚なのだ、と」

山川氏は慶応義塾大学の仏文科を卒業し、大学院に進んだ後、中退したと聞いている。本のページを開いて見ると、〝キリスト教〟という文字が目に入ったので、その行を読む。

〝この作品においては、キリスト教の衝動とエロティックな生命の衝動とが、同じ一つのものとして発露しているという事実を強調しておこう。〟

とある。この二つの衝動は、私のなかにもある、と思いながらも、それだけで感想が言えるわけではなかった。

「フランス文学に興味がおありでしょうか」

「主人が学生時代、所属していた演劇研究会の会長さんが、フランス文学の白井浩司教授でした。その関係もあって、サルトル、カミュを少しだけ読みました。古いものでは、モーリヤックの

『テレーズ・デスケルウ』を読みました。でも私は……、イギリスの作家、グレアム・グリーンが好きで、『事件の核心』や『情事の終り』などを愛読しております。カトリック作家でもあるので」

「日本文学は」

「夏目漱石、芥川龍之介、志賀直哉、武者小路實篤、林芙美子など……、高校生の頃、尾崎一雄氏に手紙を書いて、お返事を頂いたこともあります」

そしてしばらく文通をしていたとも話す。

山川氏は、私の話を聞いた後、しばらく黙っていたが……、

「庵原さんは、どうして大学にいらっしゃらなかったのですか」

と聞いた。

「どうして、と言われましても」

何よりも答えに窮する質問であった。

「教養がない、作家としてやっていく以上、もう少し勉強しないと」

氏は、いつもの澄んだ声で、はっきりとそう言った。それは事実であったとしても、残酷な言葉であった。

私はまだ、兄の家から合格発表を見に行った日のことを忘れておらず、同時にその頃の女性の社会的な身分を分析できていなかった。……今思えば、山川氏は芸術家の家に生まれている。し

かも男性で長男である。それらを指摘し、自分は自分で第八子の女子として、高卒として、名もない雑草のように生きていく、と何故言えなかったのか。長男には従うもの、という習性が、心の底に残っているのか。芥川賞の同時候補者と言えば、競争相手ではないか。それなのに、競う気持ちは湧いてこなかった。

しかし、残酷な批評と共に、山川氏の優しさも続いていた。帰るときはいつもの笑顔で「ご主人によろしく」と言うのだった

佐藤愛子氏の第一出版『愛子』の祝う会にも同行した。同人誌『半世界』の人びとが集まっていた。同人の一人が近寄ってきて、

「あなたが山川方夫と一緒に来るとは」

と不服そうにそう言った。会場は渋谷の東急文化会館の一室で、当時、紀伊國屋書店の社長であった田辺茂一氏が司会をしていた。無事会が終了し、一同は渋谷の雑踏のなかにでた。これから二次会に行くらしかった。私はそちらには行かず駅の方角に足を向けた。

その時、山川氏の声が聞こえた。

「どんな時でも、ルールを持とうよ、ルールを」

という言葉だった。振り向くと氏は、私に不服を言った同人に絡まれていた。その同人はもちろん酔っていた。〝酒を飲む人は、厳しいルールを忘れたいために、飲むのですよ〟と言いたかったが、そう思っただけで、帰路についた。

その後、氏は私を世田谷区尾山台にある安岡章太郎氏の家に連れて行ってくれた。それは、『文學界』の座談会で発言したが、活字にはならなかった話と繋がる。私は『悪い仲間』で芥川賞を受賞した安岡章太郎氏の中編『遁走』を読み、一兵卒として、自分の弱さを正直に語る文体に惹かれ、感動していた。ありのままを書く、それは〝男らしい〟ということではないか。

そう思っていたので、「私は、安岡章太郎さんを、男らしいと思っています」と発言した。司会の高見順氏は「はあ、安岡章太郎が、男らしい、ですか」と言い、賛成する様子がなかった。他の出席者からも何故か同意はなかった。しかし山川氏はその話を覚えていたようだ。

東急大井町線の尾山台駅近くの安岡邸に着いた時、私はたいそう緊張していたが、安岡氏が奥の書斎からパジャマ姿で現われたのには驚いた。やがて、それもありのままの氏の姿と納得した。美しい夫人も同席していた。小さかった娘さんは、この日は葉山の実家にいると言っていた。山川氏は私を丁寧に紹介してくれた。緊張は続いていたので安岡氏と交わした会話のほとんどは忘れたが、私がふと、

「私の父は日露戦争に行きました」

と言うと、即座に、

「古いな」

と言われた記憶が残っている。私はそのまま黙った。父は三男坊に生まれたので名古屋の大高という地で召集された。右腕に貫通した弾の傷も見せてもらってもいる。私は大正生まれの安岡

氏より一回りも若いのに、話題が古い。〝その矛盾が私の宿命なのです〟という強い自覚もまだなかった。安岡氏は、山川氏の作品について「密度の濃いものを書きなさい」と言っていた。それはとても難しいことのように思えてならなかった。

夕食をごちそうになり、礼を述べて外にでた。私鉄の駅の方角なのか、夜の街の灯りが光って見えた。少し暖かめの夜風が吹いていた。駅まで歩いてそこで別れた。

もう一ヶ所、記憶に残る場所がある。それは戦時中、山川一家が過ごした二宮の家である。一度訪ねてみたかったので、氏が滞在すると聞いた日にちに寄らせてもらった。当時その家には、祖父と女性が住んでいると聞いていたが、どちらも姿を現わさなかった。海の方角に向かった広い座敷に通された。気が付くと、山川氏の下大崎の家と同じように、境の襖が二十センチほど開いていた。

二つの言葉が記憶に残る。向かい合って文学の話している途中、山川氏は言う。

「あなたは、吉祥天《きっしょうてん》に似ているなあ」

思わずはにかんだ。髪の毛を後ろに詰めていたので、顔が丸出しになっていた。インド神話で毘沙門天の妃とされる天女、と聞いている。〝温泉まんじゅう〟から、昇格したな……、という思いが湧いていた。

文学の話に戻った。当時坂上弘氏が、『同棲』という作品を商業誌に発表していたので、それに関連した話をした。山川氏は十代でデビューした坂上氏の才能を認め、応援していた。坂上氏もそれに応え、勤め人をしながらも書き続けていた。

作品はタイトル通り、好きな女性との同棲が主題となっていた。

「現実問題として、同棲は如何ですか」

独身の山川氏の将来が気になるので、私はそう訊ねた。

「いや、ぼくはしない。結婚するなら、きちんと結婚式を挙げて、皆に祝福してもらいたい。これは僕の主義だ」

氏はそう言い切った。若い男性の性欲を強く意識し、作品化し、『エロティシズム』という本を愛読しながらも、その問題に線引きをするストイックな山川方夫氏がそこにいた。

〝吉祥天〟という言葉は、暖かい応援の言葉として、今でも私の胸に残っている。

十八　留守番の日々

夫の倉田泰志が、営業部に移り、月の半分は映画フィルムのセールスマンになり、家を留守にするようになったのは、その四月からである。この春、岡谷多和子が新しい恋人の青年と結婚した。新居は葉山のさる家の離れ屋で二人暮らしをすると聞いていた。

月の半分の留守番は、初めての経験であった。夫の食事の支度その他の家事はしなくて済むが、姑と過ごす時間が長くなる。それは嫁姑の関係を良好にする機会とも言えたが、そうはいかなかった。泰志が不在の日々、頻繁に訪れるようになったのは、隣家の田辺夫婦だった。しかし、夫婦は揃って来るわけではなかった。午後三時前後に、手造りの菓子などを持って現われるのは田辺の妻花子、通称〝田辺のママ〟だった。梅子はそれを待っていたかのように茶を入れる。そして二人の話が始まる。遠慮して自室に行こうとすると、花子は、

「須江子さん、ここにいなさいよ」と引き止める。

「先輩の話は、今後のあなたの参考になるのよ」とも言う。

梅子もそれを否定しない。

「ねえ、ママ」

花子の方も梅子を〝ママ〟と呼んでいる。

「主人の今度の女ね、どうやらドイツ人みたいよ」

「まあ」

「医学部出身だから、ドイツ語できるでしょう。最近ドイツ語会話に励んでいると思ったら」

そんな話から、茶飲み話が始まる。〝今度の女〟と言っているのだから、〝前の女〟もいたのだろう。つまり、田辺のパパは、浮気の常習犯ということになる。花子は夫の女道楽を日常的なものとして話す。そして未亡人の梅子がその聞き役になっているようだ。新婚の私にそれらの会話は、楽しいものではなかったが、小説を書く人間としては、少しばかり興味が湧いていた。話を聞いていると、田辺のパパは、古い時代の財力のある人がしていたように、女を囲ってはいないようであった。しかし銀座のバーなどに行き酒を飲み、親しくなった女と関係を持つ。その繰り返しをしているようだった。体格も良く酒も強く、色欲も人並み外れに強かったと思われる。

次の日の午後も、花子はらっきょうの入ったどんぶりを持って現われた。それは自分で漬けたものと言う。

「関東大震災の折、このらっきょうを食べて、飢えをしのいだという人がいたのよ」

話がそんな方向に展開した。私はそのらっきょうを口に入れて飲み込むとすぐに、子供の頃から、実家で何度も聞かされた話を思い出していた。地震の発生は昼食を取ろうとしていた時で、卓袱台の上の鯖の味噌煮が皿ごと、襖の方向にぶっ飛んだ、味噌で汚れた唐紙の染みが忘れられない、と母は繰り返していた。幸い火災には遭わなかったが、その後の苦労から母は重い病に。つまりそれは実家の歴史でもあった。

嫁として黙っていれば良かったものを、私はその話〝鯖の味噌煮の染み物語〟を話した。話さずにはいられない気持ちになったのだ。

「ずいぶん、安いものを食べていたのね」

花子はすぐにそう言った。そして同じ時間の食事を語り始める。ポタージュスープ、海老フライにタルタルソース、マロンケーキにロンドンの紅茶などのメニューを口にした。それは華族の娘時代のランチメニューだった。

私は反論することができなかった。小学生の折、〝公、候、伯、子、男〟という言葉は覚えたが、今はその制度も無くなっている。当時は、それぞれの身分で国から手当てをもらっていると聞いていたが、昭和三十年代になって、そんな比較が……。士族の娘である梅子はいつもの話というように、耳を傾けている。自分の気持ちはともかくとして、両親が命がけで働いた時代を笑われたようで、悲しかった。

泰志からは、〝今は坂田（山形）にいる、明日はその先に〟そして〝くれぐれも身体に気を付けて、帰る日を楽しみに〟などと書いてある葉書が届いた。私はその走り書きの葉書を枕元に置いて、その日の茶の間を回想する。

……あの二人は、人生の先輩ではあるけれど、今現在、どちらも配偶者の〝日々の愛〟を得ていない。それが、今の私と違う。

分かったのはそれだけだ。しかしそれで十分に思えた。

休日の昼間、二軒の家を繋ぐ路地の途中で、偶然田辺のパパに会うことがあった。その巨体はすぐに目に付いた。しかも体感温度が違うのか、真夏でもないのに上半身を裸にしている。下は布製のパンツである。赤味を帯びた皮膚が日差しに光って見える。頭に髷はないが相撲取りのようだ。挨拶だけして家に戻ろうとすると、

「庭の温室を見に来ないか」

と誘う。台所の窓からそれを聞いていた梅子は、

「行ってらっしゃい、良い温室よ」

と勧める。裏口から入り、庭のある方角に向って歩く。妻の花子が気付いて、

「パパ、シャツを着てください」

と、柄のあるシャツを持ってくる。「暑い」と言いながら渋々それを着る。

木造の建物を通り過ぎた先に、五段ほどの石段があり、上るとその先に広い敷地が広がっていた。奥に建築中のコンクリート造りの建物が見えた。まだ外壁は荒削りの石のままだった。「今

工事はストップしている」と言う。左手に南向きの温室らしき建物が見えた。外はガラス張りになっている。「ここだ」案内されるままになかに入る。十畳間を三つ並べたほどの広さだろうか。温度が急に上がったように感じられた。明らかにそれは温室であった。正面にも左右にも熱帯植物と思われる緑が広がっていた。私はまだ熱帯植物の名を知らず、椰子の木、ゴムの木程度の知識しか持っていなかった。華麗な花も咲いていた。

「ハイビスカスという花だ、アメリカ、ハワイの州花だ」

「こちらはブーゲンビリアだ」

と教えてくれる。紫色の小花が密集している。しばしのあいだ、日本ではあまり見かけないその花々に見惚れる。

「どうだい。ハワイに行きたくなったか」

私は答えなかった。十数年前に茨城の長竿村で、松風庵の庭に出会ったときのような感動はなかった。それは、視界の一角に巨体の男性がいる、ことも関係していた。ガラス張りにしても、扉を閉めればここは密室となる。熱帯の木の延びた蔓の下は、隠れ場所にもなっている。長居はしたくない。いや、するわけにはいかない。礼を言って帰ろうとした時に、入口の右手に浴槽らしいものが備え付けられているのに気付いた。タイル張りのようだがまだ水は入っていなかった。

「これは」

「見れば分かるだろう。風呂だ。こちらも工事はストップだが」

「でも、ここでお風呂に入ったら、外から丸見えに」

「野暮なことを言うな、素っ裸になって花を愛でる。それが粋と言うもんだ」

怖くなって自分で扉を開けて外に出た。泰志の顔が目に浮かんでいた。巨体の男は、遅れて出て来て言う。

「なんだい、びくびくしやがって」

と猥褻《わいせつ》な笑いを浮かべる。外に出ると語調が変わる。

「折を見て一度、熱海の来宮に連れて行ってあげよう。ワイフの実家の別荘が残っている。温泉街から見ると、山の上だ。この温室の十倍も広い温室に、温泉の出る浴槽が造られている。そこで浸かる温泉と、周囲の景色は絶品だ」

どうやら、その家を賛美し憧れて、この敷地にミニチュアの温室そして風呂を造ったらしい。

「行ってみたいか」

〝夫といっしょなら〟と言いたいが、微かな震えに気付かれそうで、声を出せない。

「須江子さん、後学のためだ。芥川賞候補になったのだろう。もっと勉強をしなさい」

そんな言い方をされるとは思ってもいなかったので、笑ってごまかした。尾崎一雄氏の貧乏暮らしの作品に影響されてここまで来た私だった。憧れた華族の娘を妻にしたにもかかわらず、女遊びを続ける男……、敗戦によって制度の変わった日本人の喪失感などは、この巨体からまだ私の心に響いてこなかった。〝おれの気持ちも、分かってくれ〟と言いたかったのだろうか。

「早く、完成すると良いですね」

「工事は当分ない。金が無くなった」

笑い顔が悔やし気な顔に変わった。新しい時代を憎んでいるのか。

高見順氏の座談会冒頭に言った言葉を思い出す。

〝僕の方は諸君を敵にしている。それは新時代の敵っていう意味だろうな（笑）〟

こちらはただ、姑の力になってくれる隣人として対応していたのに、難しい問題が現われてきている。実家の兄の権力から逃げて来たというのに、その兄を〝弱ボーイ〟と呼ぶ男、かつての華族の暮らしに憧れる男、どこか無法者にも思える男、との出会い、これはどういうことなのか。

家に戻って、梅子に報告がてら質問をした。

「田辺のパパは、どういう育ちをした人なんですか」

「元はね、中原という同じく資産家の家に生まれ、三男坊だったので、田辺家に養子に来たという話よ。私がこの家に移ってきた頃は、その養母のおばあちゃんがまだ生きていらしたわ」

文士里見惇氏も、山内家に養子に入ったと聞いている。夏目漱石の『道草』の冒頭には、かつての養父とすれ違った時の、主人公の微妙な心理が描かれている。鈴田の実家のように女子ばかり生まれる家ではなく、過去には男子ばかりが生まれる家もあったのだ。いずれにしても家長制度に問題があると思い、夜になってもそのことを考えた。泰志のいない夜、二週間の一人ベッドが広く感じられ、なかなか眠れなかった。

梅子は相変わらず、私の妊娠を楽しみにしていたが、夫の在宅日が私の身体と合わないのか、その兆候はなかった。こちらの事情とは関わりなく、『三田文学』その他から「小説を書いて下さい」と書いた葉書が届くようになっていた。編集者は桂芳久氏に変わっている。しかし書けばすぐに掲載してくれるという甘い世界ではなかった、その先には厳しい判定があり、書き直しもボツもある。一方、山川方夫氏からは、独特の美しい筆跡で書かれた手紙が届く。氏が十代の頃亡くなった父親は日展無審査の日本画家だったという。ペン字なのに、細い筆の先を感じさせるような筆跡に思えてならなかった。

十九　婚家を出る

夫泰志は、セールスを終えた日、夜行列車で戻ってくることがあった。従って鎌倉の家に着くのは早朝になる。茶の間で朝食を取り、すぐにベッドに入り眠る。その前後、弟の洋二がラグビーの練習に行くために階下に下りてくる。すでに大学生になっている。その世話をして、最後の茶を出して、「行ってらっしゃい」と送り出せば、何も問題がないのだった。しかし、茶の間から数メートル離れた寝室から、しばしば声が聞こえた。

「ちょっと来てくれ」

と妻の私を呼ぶのである。

「泰志が呼んでいるわよ、行ってらっしゃい」

と母親の梅子は言うが、立ち上がろうとすると、洋二が微妙な顔をして笑う。「お兄さん、お義姉さんと一緒に寝たいんだろう」と言うこともある。

それも違っているわけではないが、朝の空気には馴染まないので、余計に立ちにくくなる。半月ぶりに帰ってきた夫にそんな微妙な空気は分からない。「おーい」と言う声が繰り返される。

ゴールデンウイークに入って、洋二はラグビー部の合宿に出掛けた。梅子は無理をして洗濯機を買ったが、それも毎日泥で汚れたユニフォームを洗うためであった。型はまだ古く、右上に手動の〝絞り機〟が付いている洗濯機であった。洋二は父親のスポーツの跡継ぎをして、それを誇りに思っているせいか、母親が甘やかしているせいか分からなかったが、独特のスポーツ用語を使って、兄の泰志と義姉の私に向かって、指導的な言葉を吐くことがあった。

それは〝金がない〟とこちらが言うと、必ず返す言葉でもあった。

「お兄さんたち、もう少し気合を入れて稼いでよ。キアイ、キアイ」

と繰り返す。

「タックルされても、気合で跳ね返す」

「スポーツをしていた学生は、もっと給料のもらえる会社に入れる、今に見ろ」

と声を張る。力強さと共に未来への希望が感じられるが、現実の社会はそう簡単ではない。しかしその義弟は六歳でラガーマンの父親を失っている。大きな口を叩くのは、現在父親代わりになっている、田辺のパパの影響があると思われる。洋二が合宿に出ると家のなかが静かになった。

その週の休日、姑梅子から一つの提案があった。泰志はその場にいた。

「あなたたち、部屋を二階に替えたらどうかしら」

思ってもいない話だった。一階の和室を好んで選んだわけではない。最初からそう決められていたのだ。二階に住む、それはお互いの住む部屋を交換するという意味でもあった。それまでは二階の二部屋を姑と洋二が使っていた。

若い夫婦の寝室が、日々食事を取る茶の間に近いことに配慮した結果だろうか。梅子も思案したのだろう。

「いいよ、二階に移るよ」

泰志はそれを受け入れた。

私が反対する理由はなかった。それで話は決まった。ダブルベッド、洋箪笥、鏡台などを運ぶのはかなり大変であったが、二人で力を合わせて階段を上った。

二階の座敷には、梅子の嫁入り道具でもある桐の箪笥、小箪笥、姿見《すがたみ》と呼ばれる大きな鏡も置かれていた。箪笥は一部屋に二つずつ合計四竿も置かれていた。窓際の廊下には籐椅子が二脚あり、間に籐卓が置かれていた。隣の部屋には洋二のスポーツ用品が並び、母親の匂いとは違う匂いが感じられた。

「この箪笥、一つ須江子さんにあげますよ。使ってください」

梅子はそう言った。私は桐の箪笥を持っていなかった。高価なので、嫁入り道具として買うことができなかったのである。それを知っている梅子が気を利かしたのか。この日引っ越しの提案に対する心遣いだったのか、分からなかったが、礼を言って有り難く頂戴した。田辺家とは反対の隣家、じいやばあやの家からもその息子も加わる応援が来て、何とか部屋の入れ替えは終わった。泰志は「これで出張帰りも、ゆっくり眠れる」と喜んでいた。

その日の夕方、二階の雨戸を閉める際、ふと外を見ると、夕焼けに染まる海の方角に数羽の鳶が飛んでいるのが見えた。しばらく手を止めて、その鳶の動きを見た。どれも輪を描いて悠々と飛んでいた。この景色が今日から眺められる。それが嬉しく思えてならなかった。

夕焼け空の鳶を何日眺めただろうか。その楽しみは突然遮断された。

義弟洋二が合宿から戻ってきて、怒りを爆発させたのである。しかも、

「ぼくの部屋がなくなった、寝る部屋がない」

と叫んでいる。部屋の移動は丁寧にしたはずだ。母親の梅子が提案した時も、洋二との話し合いが付いている様子だったのだ。私は、姑の言うとおりにしただけだ。

言い分は山ほどあったが、過ぎた日のことを持ち出して話す時間はなかった。洋二は、自分の布団と身の回り品を担いで、隣家の田辺家に行ってしまったのである。親しい隣家とはいえ、それは家出であった。

私は、荷物を担いで隣家の裏口を入っていく洋二の後ろ姿を目にして、大きな衝撃を受けていた。隣家、と言っても、それは普通の隣家とは違う。すべての問題を人の〝性欲〟に絡めて解釈する主人、田辺のパパの住む家なのである。田辺のパパは、布団と共にやってきた隣家の次男洋二を受け入れてくれたようだ。母親梅子は家に鍵をかけずに待っていたが、その夜は帰ってこな

かった。

翌朝、夫泰志は、東京の会社に出勤した。その後梅子は私を連れて田辺家に行き、迷惑をかけた夫妻に侘びを言い、釈明もした。しかし、洋二は姿を現わさなかった。

「すべてはおまえのせいだ」

と私を睨む主人に、妻の花子は、

「まあ、そうとも言えませんよ」

と庇ってくれたが、長年の情が絡む問題で、洋二を庇護したい気持ちは変わらない様子であった。夫が地方セールスに出ないあいだは、なんとか気持ちも支えられたが、一人になった日のことを考えると、こちらの方も我慢の限界になっていた。怒りも湧いていた。

「この家を出よう」

そう考えた。しかし、夫泰志と離婚する気はなかった。どこかに間借りをする部屋を探し、二人でこの家を出ようと思った。夜になってその話をして了解を得た。翌日送り出す時に、

「今日、バス通りの不動産屋さんに行ってみる」と言うと、泰志は、

「そうしてくれ」と頷き、出掛けて行った。

買ったばかりの洗濯機を回しながら考える。右手〝絞り機〟は知恵を絞る道具ではない。未亡人の寂しさから、長男との同居を強く望んだのは梅子の方だ。だが、家には大学生の次男が存在する。改めて考えると六歳年が違う。無い知恵を絞っても、どちらにも良いという考えが浮かん

で来なかった。

数日後、不動産屋の紹介で、鎌倉市名越地区の木造二階家を一人で見に行った。隣市の逗子に近い地域だ。二階に案内された。縁側付きの和室一間であった。案内人の「日当たりは良いですよ」の言葉通り、日はよく当たっていたが、そのせいか畳の色が黄色くなっていた。さらに家主の片付けができていなかったのか、数枚の譜面が散らばり、その奥に譜面台が二機残っているのが見えた。以前は、ジャズマンが住んでいたのか。それも複数で。

実家の下宿人だったジャズ・ピアニストの松野が頭に浮かぶ。松野から、それらの人びとの情報は耳に入っていた。戦後ジャズメンになった若者のなかには、色々な人がいるということを。その部屋に嗅ぎなれない匂いを嗅いだからか、この二階に住むという想定が、急に消えた。自分はともかくとして泰志には相応しくないと感じていた。それならば、いっそのこと、母の家の下宿人になろうという気持ちが湧いた。

その足で、実家の母を訪ね事情を話した。幸い東の北に向いた十畳間が空いていた。実家の電話機から、会社の泰志に電話をして、了解を得た。帰り道は足が弾んだ。いつも母に助けられている、という感謝の気持ちよりも、これで洋二が隣家から戻る。そして梅子が安心する。その喜びが先になっていた。

梅子を大事にする思いは消えなかったが、田辺家との微妙な繫がりは、好ましいものではなく、怒りは続いていていた。引っ越し業者に電話をし、日時を決めた。その日は、泰志が地方にいる日だった。何もかも一人の仕事だった。何故そのように力強く動くことができたのか、今もって不明である。

梅子から頂戴した桐の簞笥は置いてきたが、

「預かっておきますよ」

と言われ、笑顔を返した。ダブルベッドはもちろん運ぶ。誰も手伝ってくれる人がいないので、運転手に若者を一人加えてくれと頼む。

「このベッドを引っ越し先の二階に運んでほしいのです」

と言うと、

「はい、分かりました」

という返事をもらった。

そして私たち夫婦の荷物を乗せた車は、乱橋材木座地区から、長谷東町に向かって走り出した。すぐ母の家に着いた。母は、私の顔を見ると、

「部屋の掃除は済んでいるよ」

と言い、他は何も言わなかった。運転手と若者は、かなり骨を折って二階に洋簞笥、鏡台、そしてダブルベッドを運んだ。二人は「ここの階段は狭い」などと文句を言ったりしていたが、無事にすべてを二階に運んだ。私はその二人に手当てを払い、引っ越し業務を終了させた。母に「これからお世話になります」と挨拶をした。母は、毎月の部屋代を入れる白い封筒を差し出し

た。月数を書いた縦横の線が綺麗に並んでいた。私が一ヶ月分を入れると、そこに印鑑を押して返してくれた。それからやっと、「ご苦労さん」と言った。

母の注文は家主としてではなく、母親としての配慮からだった。

「これからの話だけれど」

私は耳を傾ける。

「多見子を、あまり刺激しないように、して欲しい」

「はい」

「頼むよ、もう日本舞踊の看板も出していない、生徒がゼロ人になって二年にもなる」

「まあ」

「おまえの気持ちもよく分かるが」

「気を付けます」

四姉多見子はすでに三十歳になっていた。レントゲンの陰も消えて、家の近くのバーで働き始めていた。そのバーの女主人はかつて社交ダンスの教師であったチヨさんで、バーの名は〝千代野〟と言った。鎌倉駅から長谷観音に向かうバス通りの左側にある店だった。酒飲みの泰志には好都合の店でもあったが、話したくない気持ちも湧いていた。

この母の家での、約二年の生活は、長篇『地上の草』に書いている。概略を述べる。

……母はその秋に倒れ、翌年一月に亡くなる。未だ独身の多見子は混乱し、奇妙な行動に出る。

同時に兄と次姉加也子のあいだに遺産相続の争いが起きる。兄は、二代目の家長として被害者と思われるところは多々あったが、父の遺産の全てを相続し、得もしている。そして今回は母の家の相続はだれが、ということに。たまたまその家に下宿していた末娘夫婦は、その渦に巻き込まれるが、そのなかで少しずつ成長する。という話だ。若書きの作品ゆえ、誤解されて解釈されたところもある。過去に〝主人公はこの姉多見子の自由に憧れている〟という評があった。それは違っている。私小説の主人公は〝作者の分身〟と一般的に言われているが、微妙な違いもある。今は作者として正確に書いておきたい。

それは、主人公はこの姉の境遇を〝気の毒〟に思いこそすれ、〝羨ましい〟とは思っていない。もちろん〝自由に憧れる〟という気持ちもない。その設定で書いている、と。

主人公が婚家にいる場所もなく、やむなくこの家に辿り着いたことは確かだが、ともかく結婚することができた。一つ目の山路を越え、二つ目の山路の途中にいる、という自負心もあった。

四姉は昭和四年生まれだが、夫となる世代の男性に戦死者が多く、女性の数が多かった世代なのだ。将来は人の妻になり、子の母になると教育されてきた世代でもある。しかし、二十代始めに結核に感染し、回復したとはいえ美人で持参金付き、という好条件もなく、目指した日本舞踊も発展せず、気が付いたら三十歳になって、ということなのだ。

大学受験が叶わなかった私は、結婚だけでも〝実現させた〟と思っていた。

令和五年、〝結婚する、しない、の自由〟〝子供を産む、産まない、の自由〟がある人びとの目からすれば、阿呆に思えるだろうが。

もう一つ、私にはささやかな誇りと潔癖感があったことを書いておく。

隣家の主人、田辺のパパをモデルにし、小説化した時のこと。この作品は、当時の編集長Fに読んでもらい、ボツになって戻ってきた。モデルの存在を読者に伝えられなかった力量の乏しさは認めるが、その理由として、

「助兵衛、好色家の隣人に対し、主人公が次第に惹かれていく過程が、書けていない」

というメモが添えられていた。Fは仏文学者、そして『内向の世代論』を書いた批評家でもあった。この件についても正確に書いておきたい。

〝主人公は、一瞬たりとも、この好色家に惹かれてはおりません。その設定で書きました〟〝怖くて、怯え続けていた自分の気持ちを、書きたかったのです〟

そう言い返したかったが、未熟な作品を書いたことを恥じる気持ちが強く、反論の手紙は書かなかった。もやもやとした気持ちで月日を送るうちに気付いたことがある。それは、〝みそっかす〟と言われながらも、いつか私のなかに芽生えている誇りであった。精神的な〝潔癖感〟もあるように思えた。いつからそれは、と考えた。

清くかんばし　白百合の

花を心に　我等が命

S学園の校歌だった。白百合の花は、マリアの花とも言われていた。

父が隠遁してから、いや病に倒れてから、S学園は嫌いになった。それゆえ進学可能と思えた短大には行かなかった。経済的な問題から、友人関係が保てなくなり、孤独になっていたのである。しかしこの校歌は、戦前の麴町時代から覚え、幼稚園児の頃から無意識に歌っている。血や肉になっていないわけはない。清い花を愛する心が育まれているはずだ。しかし、戦後の窮乏から、その思い出を忘れようと努めている。

二〇一五年秋、日本近代文学館から送られてきた一冊の文庫本がある。

高見順作『わが胸の底のここには』（講談社文芸文庫）で、帯には初の文庫化、と書かれている。氏は日本近代文学館初代理事長である。ページを開く。

……主人公の少年が、お大家の台所の戸を開ける。その家の女中が無礼な頷きをして、「ああ、坊ちゃんのお相手…?」と言う。屈辱感が湧き、首を垂れた。針仕事をしている母親のお得意さんの家として、幼児の頃から出入りしていたが、少年になって虚栄心（自尊心とも）が芽生えたことを挙げている……。

改めて、座談会時の懐かしいお顔が目に浮かんだ。

〝みそっかす〟と呼ばれた私にも、生まれた時から父親と暮らしていない少年にも、自尊心や潔癖感があってもおかしくはない。早くこれに気付かなかったのは、財布の中身ばかりを気にしていたからだ。

母の家での下宿人生活は順調に進んでいた。夫の泰志は会社から真っ直ぐに帰ってきたし、姑梅子とは、日々電話連絡をしていた。隣家に家出をした弟洋二は、戻ってきたそうで、安堵の声が聞こえた。

泰志がセールスに出た週は、主に机に向かっていたが、息抜きに母の顔を見に降りることもあった。二人で庭に出て朝顔の種を蒔いたこともあった。日当たりの良い場所には雑草も良く生える。小さなシャベルでその雑草を一本一本抜き、土を良くならしてから、数センチの間隔で、一粒ずつ種を蒔くと、母は、

「おまえの土仕事は丁寧だねえ。そういうところ、お父さんによく似ているよ」

と笑っていた。疎開先から帰ろうとせず、農作業に励んだ父が懐かしく思い出された。確かに私は土いじりが嫌いではなかった。やがて朝顔は芽を出し、蔓を延ばすようになった。私は裏庭から竹を切って来て小枝を払い、その脇に差した。母は花の咲く日を楽しみに待っていた。考えてみれば、私はまだ婚家の庭の土を、自由に掘ったりはしていなかった。

夜になると、母と一緒に風呂にはいった。風呂はまだ薪で焚く五右衛門風呂であった。湯船のなかでくつろいだからか、母は珍しく昔話をした。

それは若き日の、恋物語だった。二十歳で父と見合い結婚する前の、儚い恋の話だった。相手は薬剤師で小説を書く人だった、母もその頃小説を書いていたという。

「当時は、恋愛結婚が犯罪のように思われていた。どうにもならなかった」

と話をまとめた。湯船から立ち上がり、脱衣所で身体を拭う母に近付くことができなかった。その恋がもし認められていたら、私はその文学青年でもある薬剤師の子供になっていたのかもしれない。さらに、隣家を含めての婚家では、私も犯罪者のように思われているのかもしれない。そんな妄想が湧いていた。

多見子は兼ねてから望んでいた自立生活をするようになった。バー千代野からさらに収入のある東京銀座の店に移り、四谷に住むようになっていた。

八月には由比ヶ浜海岸で花火大会が開催された。南向きの二階の廊下に椅子を置き、少し前から待機した。階下の下宿人もその場に参加した。まもなく開催の花火音が鳴った。最初ロケットのように燃える光が空に向かって飛ぶ。すぐにそれは破裂して美しい輪に変わる。輪が大きければ大きいほど声は高く上がった。花火の日は帰ってくると言った多見子は姿を現わさなかった。母はビールの入ったコップを手にして、いつになく笑顔を湛えていた。

思えばそれらのひとときは、私と母の蜜月でもあった。朝顔の花も咲き始め、朝になるのが楽しみであった。毎夕水をやり、〝明日も綺麗に咲いてね〟と声をかけた。秋に咲く萩の茎にも蕾が付き始めていた。泰志のいる夜は、いつもダブルベッドに寝て睦み合ってはいたが、母との時間が濃厚になっているのに、私自身気がついてはいなかった。

時折、乱橋材木座の家を訪ね、姑梅子の話も聞いた。旧盆のあいだ長谷の光則寺に行き、夫の墓参をしたと言っていた。

「すみません、来週泰志が戻ってきたら、私も行きます」

と言って詫びた。しかし梅子は私を歓迎しているようで、笑顔を見せてくれた。そして、いつものように世間話を始めた。

「お墓に行って、驚いたことがあるの、本当にびっくりしたの」

梅子は、いつものように不意にそう言った。

「お墓の石段を上がっていくと、右や左に他所のお墓に供えられているお供花が見えるでしょう」

「はい」

倉田家の墓は山の中段にあるので、あちこちの墓を眺めながら、上るようになっている。

「今年は、それが何となく違っているように見えたの」

「はあ」

「お供花の色が、ところどころ違っているの、それで足を止めて、見たわ。……あれ、何といったかしら、何とかフラワー」

「ホンコンフラワーでしょうか」

「そうそう、それ」

最近そういう名前のプラスティック製の造花が売り出され、購買率も高くなっていると聞いていた。人によっては、便利なものとして受け入れられていると思えた。年々働く女性も増えている。

「何ということでしょう、あんなものがお供花として使われているなんて、許せないと思ったわ。ねえ、そうでしょう」

梅子は怒った顔と同時に泣きそうな顔を見せていた。そして、

「ねえ、須江子ちゃん、そうでしょう、良くないでしょう」

と言い続けた。私は戸惑っていた。義父が亡くなってから十数年墓参りをして、その都度香り高い生花を供え、線香の煙と共に手を合わせてきた姑を、批判する気は毛頭ない。あの世の義父にも心が通い、応えてくれるに違いない。しかし流行の造花を激しく嫌い、同意を求めるのは何故なのか。

「ねえ、そうでしょう」

と言い続ける以上、嫁の私は「はい、そう思います」と言わなくてはならない。しまいには根負けして「その通りです」と答えてしまう。かつて泰志に「お袋の話し相手を頼む」とは言われたが、「全てに同意を」とは言われていない。しかし、梅子は私の同意を嬉しそうに受け止める。何故これほど強く同意を求めるのか。当時はそれが疑問だった。

三十年後、慶應義塾の通信教育課程の最初の授業に出て、その疑問が解けた。

科目は、当時の通信教育部部長の寺尾誠教授の『社会科学概論』であった。レポートを提出し、それが合格すると科目試験を受けることができる。双方の合格が単位取得となる。従って丁寧に

その概論を読まなくてはならない。その研究によると、日本は〝二人単位国〟という結論を出していた。同意者を必要とする。欧米諸国は、一人だけ違った意見を言っても、可笑しくも悪いとも思われない。それら諸国を〝一人単位国〟と名付けていた。概論には、人の身体をイラスト化した図表も載っていて、分かりやすかった。

五十代の古びた脳で吸収した知識であったが、過去の経験も添えて書いたレポートは、Aで合格した。同時に科目試験も合格した。それがスタートラインで弾みも付いて、その後合計百二十四単位を取得し、卒業した。陰で支えてくれたのは夫泰志であったので、梅子の位牌にも手を合わせたが、昔の会話「ねえ、そうでしょう」を思い出し、泣き笑いしたい気持ちになった。

二十　伊勢湾台風

九月に入って、ようやく涼風も吹き、夜になると草陰から虫の声も聞こえて来た。乱橋材木座に比べると山が近い地域のせいか、虫の数も多いように感じられた。萩の花も少しずつ咲き始めていた。しかし例年のように台風のシーズンもやってきた。母の部屋にあるテレビは、その頃も市川市に住む加也子が買ってくれたものであったが、母は枕元に愛用のラジオを置いて、熱心に天気予報を聞いていた。

「三重県近変に、上陸する台風のようだよ、関東にも影響はあるらしい」

母は、そう言って私に知らせてくれた。私は風に飛ばされやすい鉢植えなどを、屋内に入れたり、台所にある食料の確認などをしていたが、母はそれらをあまり気にしないで、

「問題は、この一階の雨戸なんだ」

と言って、その戸袋の方向に目を遣っていた。古い木造の家で、もちろん雨戸は木製である。

しかし年月のせいで、雨戸の枠や桟が外れかかり、開閉が思うようにできなくなっている、

「年のせいで力も無くなっているし、最近は戸袋に入ったまま」

と言う。泰志はまだ都心の会社から戻っておらず、私は雨風が強くなる前に、その古びた雨戸を閉めてあげなければならなかった。

その南側の雨戸は二部屋を繋ぐ縁側に面していたので、八枚ほどあった。私はそれを一枚ずつ戸袋から取り出し、左手に送った。現在ではレールと言っている部分も木造で、滑りもかなり悪くなっていた。何度もやり直したが、母よりは力があった私はその雨戸を全部閉めることができた。

「閉めました」そう報告すると、母は、

「ああ、良かった」

と、喜んでいた。一緒に力んでいたのか、少し赤らんだ顔に見えた。私も汗を掻いたが安堵していた。電車が不通になる前に、泰志は長谷東町に戻ってきた。

雨戸の話をすると、

「早く言ってくれれば、僕がトンカチを使って直したのに」

と言った。急のことで、かつて芝居の裏方で磨いた腕が間に合わなかった。しかし、その雨戸閉めは、私の最後の親孝行になった。

一晩中家を揺らしていた風の音も、軒の廂から溢れる水の音も、明け方になると聞こえなく

なっていた。停電はせずラジオの声は聞こえていた。天気予報を告げるアナウンサーは、

「この台風は〝伊勢湾台風〟と名付けます」

と伝えている。三重県地方は水没地も多くあるという。その時電話のベルが鳴った。受話器を取ると姑の梅子からであった。

「塀の竹垣が倒れてしまっています。通行人の邪魔になっています。泰志にすぐ来て、と言ってください」

泰志が電話を代わる。

「他は大丈夫か」

「それは良かった」

竹垣の塀は古びているゆえ、仕方ないが、とりあえず倒れたものを起こして、道を開けなければならない。路地の幅は一メートル五十ほど、その割に通行人は多い。先が広い道につながっていて、犬の散歩道にもなっているからだ。泰志は朝食の箸を置いて、倉田の家に向かった。その後泰志から電話があり、〝隣家のじいやの手を借りて、竹垣の始末をするので、帰るのは夕方になる〟との報告があった。了解して二階に上がり、部屋の掃除を始めた。北側の窓を開けると裏山の中腹に、子供の頃から「あれは、前田侯爵の家ですよ」と教えられている瀟洒な建物が見えた。後に鎌倉文学館になった建物だが、その頃は侯爵の家と呼んでいた。遠くからではあるが、破損したところはないように見えたので安心した。

その後机に向かって何か書こうと思っている時だった。階下から、

「須江子、ちょっときておくれ」

という母の声が聞こえた。何か用事が残っていたのか。急いで降りて行くと母はすぐに、

「頭が痛い」

と言った。

「頭痛の薬飲む？」

「きりきりと痛むんだ、それも止まらない」

いつにない切迫した声に聞こえた。

「済まないが、本田先生を呼んできておくれ」

それはチヨさんの姉の医師の名前だった。私は玄関を出て、路地からバス通りに向かって走った。すぐに黄土色の壁に囲まれた医院に着いた。幸い本田医師は在院していて、家に同行してくれた。

母が痛いと言っている箇所は、後頭部の辺りだった。血圧を測り、かなり高いと言い、それから瀉血《しゃけつ》を始めた。当時はその方法が良いとされていた。やがて母は蜘蛛膜下出血と診断された。

私はすぐに泰志に電話をし、兄や姉たちに知らせることを頼んだ。そしてまた母の近くに戻った。薬が効いたのか母は少し眠り始めていた。台風の襲来が怖かったのだろうか。様々な経験を積んだ母なので、肝が据わっている人と思っていたが、やはりストレスを感じていたのだろう。

強い風の吹いた真夜中は、隣に寝てあげればよかったと悔やんだ。私にとってこの伊勢湾台風は生涯忘れられない台風となった。

蜘蛛膜下出血で倒れた母は、しばらくは家で療養することになった。駆け付けた兄や姉が話し合い、派出看護婦会に連絡をして翌日から来てもらうことになった。当時はそうした職業が存在していた。本田医師もそれを了承していた。家は人出入りが多くなったが、私と泰志はそのまま二階の一室の下宿人を続けた。母は、粥を少し口にしたが、起き上がることができなくなっていた。一ヶ月ほどその状態が続いたが、十一月三日の文化の日　東京お茶の水の阿久津病院に移った。その病院は兄の店に近かった。

見舞客は家と同じように多かったが、私も含めて周囲は安堵していた。何にしても医療機器の揃っている病院である。患者の母も少し元気になったように感じられた。ある日、私が見舞いに行くと、顔が確認できなかったのか、

「ダレ　ダイ」

と言う。

「須江子よ、私よ」

顔を近付ける。母は私の顔を凝視する。

「オマエノ　カオーガ　ミタイ」

と聞こえた。

「顔なら、ここに」

「カオーガ　ミタイ」

返答に困っている私に、居合わせた次姉加也子が言う。

「顔、と言っているのではないわ。おまえの、子、が見たいと言っているのよ」

「そうですよ、きっと」

周囲にいた人も加也子の言葉に賛成していた。

「分かりました」

姑梅子との会話と同じように、実母にも同意の言葉を返さなくてはならなかった。

さらにもう一つ、同意を求められている話があった。母が病院に入ってから、突然次姉加也子に見せられた書類は、〝相続問題で兄鈴田正一郎を訴える〟という訴状であった。私はすぐに答えを出せず、保留にしておいた。法律問題の知識がほとんどなかった。五姉の安紀子は検事の妻でもあり、同意すると言っていた。泰志に相談しても、良いアドヴァイスは得られなかった。旧憲法の時代から新憲法の時代を跨ぐ大家族の相続問題は、それぞれに言い分があり、複雑だった。

思い余って、姑の梅子に相談した。答えは意外なものだった。

「頂けるものなら、頂いた方が良い、と思います」

反対されると思っていた嫁の私は、黙ったままその顔を見詰めた。

「末っ子とは言え、あなたはお父さまとお母さまの子供なんですから、当然の権利です」

「ご意見、有り難うございました。考えてみます」

いつにない嬉しさが湧いていた。

母は翌年の一月七日、病院で息を引き取った。遺体はすぐに鎌倉の家に運ばれた。通夜は家で行い、葬儀はカトリック由比ヶ浜教会で行われた。母と親しかった教会の婦人会の人びと、さらにS学園の修道女たちも参加して、母らしい葬儀ミサとなり無事終了した。その日の午後、埋葬の儀式が行われた。

昭和三十五年の冬、山沿いの墓地は寒かったが晴れていた。遺体は火葬場に運ばれず、お棺のまま墓地に運ばれた。第二バチカン公会議が行われる直前、カトリック信者の遺体は、土葬と決められていたのである。縄に括られた木のお棺は業者の手によって、深く掘られた穴のなかに少しずつ沈んでいった。穴の底に届くと、業者がその場に下りて縄を取り払い、周辺のごみと共に縄を持って上がった。そして土が少しずつ被せられ、やがてお棺は見えなくなった。まさにそれは埋葬の光景だった。翌月の二月、私は満二十六歳になっていた。

母がいなくなった家に、私と泰志はその後も住んでいた。母が倒れた後、独立していた多見子が戻ってきて、そのまま居座るようになっていた。体調があまり良くないようであったうえ、私と同様、兄の強さと加也子の戦いに振り回されて、混乱している様子だった。加也子が発起人となった訴状には、私はまだ署名も捺印もしていなかった。

埋葬の後、身内と親族だけで慰労も兼ねて、市内の鰻屋の二階で昼食会を開いた。鰻は母の大好物だった。泰志も同席していた。食後になって兄は、するだけの仕事はしたという安心した表情を浮かべて、母の実家の話を始めた……。

「お袋は、東京下町神田生まれと言っていたろう。それは戸籍に、石毛こうと記載され間違いないが、その両親は静岡県の清水市から、きている」

初めて聞く話だった。

「それも駆け落ち同然だった、と聞いている」

次姉加也子の顔を窺うと、知っているのか微かに頷いている。母方の祖父は若くして亡くなり、後家となった祖母は和菓子屋を営み、長生きしたと聞いているが……、末っ子の私は会うことがなかった。おそらく上の兄姉は会っていたと思われる。

「この際話しておくが、石毛の祖母の旧姓は山本と言い、山本長五郎の姪だったと聞いている」

この話も初めて耳にした。驚いて隣りに座っていた泰志の表情を見るが、特に変化は見られない。

「しかし、この地に山本姓は多数いるそうだ。その上、長五郎は山本姓の家から同じ山本姓の家に養子にはいっている、という話だから、果たして祖母と血が繋がっているか、分からない……、さて、勘定も済んだから、お開きとしますか」

兄はそのまま立ち上がった。どうしてその話がしたかったのか、兄の真意は不明である。生前の母に対する女性嫌悪の言い訳か。ただ酒の勢いで、母方の祖母の出自を話したというだけか。

これもいつもの毒舌……、歯に衣着せない話ということか。私は何よりも、泰志がどう受け止めたか、それが気になった。乱橋材木座には、士族の先祖を誇る姑と、華族出身の田辺のママが住んでいるのだ。

長谷東町の家に帰る途中、泰志は言う。

「清水の次郎長のことだろう。お兄さんの話」

私は小声で「そう」と答える。

「面白いじゃないか、東映の映画で、次郎長シリーズを観たな」

「さすが、映画屋さんね」

「まあな」

泰志の笑顔が嬉しかった。お陰でその話は梅子に伝わらずに済んだ。

数日後、私は御成商店街の書店で、安岡章太郎氏の中編『海辺の光景』を見付け、購入した。昨年暮れに発刊された新作で、『群像』誌掲載の頃から評判になっていた。本を抱えて歩くと、胸の辺りが温かくなった。東町の家に帰ってページを開いた。主人公は作家と同じ一人息子で、狂気した症状で入院している母の末期が語られていた。舞台は高知県だった。母の死の直後、その荒涼とした風景を眺める主人公……、母の生涯は何だったのか、という作者の声が聞こえるようであった。その四月、『海辺の光景』は文部省の芸術選奨受賞となった。

数々の賞を受けたこの名作と、少し前実母を失った自分の気持ちを比べるのはおこがましいが、私はまだ母の生涯どころか、一人の人間として改めて考える境地に達していなかった。人間同士が引き起こす台風が、以前として続いているのだった。明治大正昭和と、合計八人の子供を産んだ母が存在していたことは確かだが、多見子以外は結婚し、配偶者とその子供、母にとっては孫も増えている。数えて何人になるか、そのなかに離婚して婚家に置いてきた長姉の五人の子供を入れるのか入れないのか、そんなことまで考えると整理ができなくなってくる。その整理不可能なところが〝母の生涯〟なのかもしれない。しかし、何もかも放りだして良いわけはない。これも〝産めよ、増やせよ、地に満てよ〟という母の信仰に基づくと思われる。私はやはり、兄と次姉との争いに関して、真剣に考えなくてはいけない、と思った。確かに母も一人の人間だ。そして、みそっかすと呼ばれ続けた私も、一人の人間なのだ。

次姉加也子の抗議行動はさらに強くなり、弁護士も見つかったという話だった。四月から、春山夫妻は静岡の転勤先から東京杉並区の官舎に移っていた。私は年齢の近い安紀子の決断に、一度は影響され書類に署名捺印をしたが、数週間後それを取り消した。法律に詳しくなかったこともあるが、署名後の後味が悪く、両親の遺影を見るのも辛かったからである。しかし兄に味方したわけでもない。何とか話し合いができないものかと考えたが、それも難しかった。

五月になって庭のつつじが咲き始めていた。

私は新聞で、安岡氏の『海辺の光景』芸術選奨受賞を祝う会が、椿山荘で行われたという記事を読んだ。作品について山川氏と話したいと思った。母の死を知らせたとき、丁寧なお悔やみ状が届いたが、その後の騒ぎで会うこともなかった。出かけたのは海に近い二宮の家だった。門を入ると右手に芝桜が密集し咲いているのが見えた。喪の色ばかり見ていた私にはその濃いピンク色が嬉しかった。

馴染みの和室に通された。いつもの通り廊下との境の戸は十五センチほど開けられていたが、笑顔で現われた山川氏は、そのままにしていた。母の話は短く、私は『海辺の光景』の話を始めた。

「お祝いの会も、さぞ盛会だったでしょう」

と言った。そのとき笑顔だった山川氏の顔が少しきつく変わった。

「どうして出席なさらなかったのですか」

そのような言葉が降ってくるとは思ってもいなかった。

「ああいう会は、作家ばかりではなく、編集者、ジャーナリストなど各界の人が集まってくる。良い機会でもある。来るべきだ」

「あのう、」

「ご家庭の事情が、色々あったとしても」

私は困惑していた。

「そういう会は、招待状……つまり、通知がなければ行かれないのでは」

小声になったが、私は通知が来なかったことを正直に話した。

「あ、」

山川氏は、自分のミスにやっと気づいた様子だった。

「洩れたんだ、名簿から」

私は招待状が届くと、まったく思っていなかった。

「知らなかった。それは悪かったな」

私は少し悲しかったが、自分が出席した会場で、私の姿を探してくれた山川氏のことを考え、笑顔を浮かべてようと努めていた。

二十一　婚家に戻る

その直後、泰志と私は倉田の家に戻った。諸事情から言ってそれは自然の成り行きだった。鈴田家の四姉多見子は色々と問題を起こした挙句、再治療のため病院に入った。

倉田の家では姑梅子も義弟洋二も出迎えてくれた。住む部屋は悶着のあった二階は止めて一階にした。ダブルベッドも茶の間から離れた奥の部屋に置くことにした。

洋二には最近付き合い始めたガールフレンドがいて、その日は遊びにきていた。

「大川由美江《ゆみえ》です」と自己紹介をした。隣家の怪物田辺のパパと同様、この由美江のことは書きたくないが……、書かなくてはならない。私より七歳年下の可愛らしい娘であったが、やはり扱いにくい存在で、その後の泰志と私の生活を脅かすようになったからだ。市内佐助地区に住み、東京の美術短大に通う娘と聞いていた。高校はS学園の姉妹校、鵠沼のS学園という話で、最初は共通点があるかと期待したのだが……。

引っ越しは無事に終わった。ありあわせの材料でちらし寿司を拵えて、皆で祝った。倉田の家はそれで収まった。しかし隣家田辺家には大きな変化、いや事件が起きていた。梅子の話によると、妻の花子と二人の息子が家を出て、現在は藤沢市に仮住まいをしているという。

「どうしてですか」

「相変わらずの女性問題よ、新しい女が隣りにきて、一緒に住んでいるわ」

「まさか」

「本当よ、元女優さんだったという美人と」

その女優さんは、かつて米兵と結婚したことで、話題になった女性だった。それで洋二も以前のように、花子の焼いた特上のステーキを食べに行かなくなったらしい。私は洋二に美味しいご飯を作ってあげなければならないと思った。

小説を書く机も、元通り一階の片隅に置いた。『三田文学』誌編集部や山川氏に引っ越しの通知をだした。実家の兄と次姉の係争も続いていて結論もでなかったが、私はこの人間像を書き残したいと考えていた。

山川氏に誘われ、この年結成された「若い日本の会」の集りを見に、東京虎ノ門ホールまで足を運んだことがある。主なメンバーは大江健三郎、谷川俊太郎、石原慎太郎などだ。ホールの客席に座り、次々に登壇する人の話を、私は虚ろな気持ちで聞いていた。そのなかで印象に残った人は、江藤淳であった。思ったより小柄な男性であったが、その弁舌は滑らかで達者そして分かりやすかった。しかし、その会に女性の数はまだ少なかったので、私の内部の靄を取り払ってくれる話は聞こえてこなかった。泰志はセールスに出ていたので、家に帰ってその話をする人もなく一人ベッドに入った。

梅子の、田辺氏に対する態度には矛盾が感じられた。ある夜田辺のパパは、同居しているその女性を連れて倉田家の茶の間に現われた。訪れたと言えば良いだろうが、その巨体が六畳の茶の間には大き過ぎたうえ、茶の間の雰囲気にも合わず、客人としては異様な感じがしたのだ。連れの女性は、職業人として身に付けたような低い姿勢で、

「初めまして、お世話になります」

と挨拶をしていた。

意外だったのはそれを迎えた梅子の態度だった。

嫁の私に「お茶を淹れて」と頼んでも良いものを、自ら台所に立って湯を沸かし、丁寧に茶を淹れ始めている。〝いそいそとしている〟という言葉が浮かぶ嬉し気な姿だった。自分の庇護者として、その存在を立てている様子にも見えた。

〝いくら洋二さんがお世話になっていると言っても……〟私は胸のなかで呟く。

〝日々のお喋り相手、良き友とも言える妻花子を裏切り、悲しい思いをさせている悪いオトコではないか〟

怒って説教して、帰ってもらってもおかしくはない。

古い時代には、〝浮気は男の甲斐性のうち〟という言葉があった。周囲にその意味を訊ねたことはなかったが、本妻にも十分の生活をさせその上で別の女性の面倒を見るならば……、それは相当の力を持った人と評価する、と言っていると思えた。主に明治維新から昭和にかけての、男の経済力の話で道徳的な話ではなかった。梅子の世代、それはどう解釈されていたのか。巨体が茶の間にいるあいだ、別居中の妻子の話はだれの口からも出なかった。

茶を飲んだ後、しばらく雑談を交わし二人は帰って行った。梅子は少し疲れた様子だった。

夜、勤務から戻ってきた泰志に聞いた。

「お義母さん、田辺のパパが好きなのかしら」

「そんなことはないと思うよ」

息子の泰志はそれをすぐに否定した。息子として、生涯亡き父親を慕う母親と信じている、いや信じたい息子の言葉に思えた。私はそれ以上話を進めなかった。

翌日梅子は、「微熱が出たから、今日は休む」と言っていた。

台所と机の前を行ったり来たりする生活が続いた。私は母の病気とその死を主題にした小説の構想を練っていた。おそらく長編になる……、と思っていた。しかし、係争が続いている兄と姉たちの問題を絡めると、骨肉の争いという大きな問題に取り組むことになる。『降誕祭の手紙』のように、同世代の人びとを書くのとは違ってくる。……背伸びをしている、と分かっていたが、何故か書きたかった。目下不和になっている兄と次姉は、戦後の一時期、それぞれの家に同居させてもらっている。年は離れているが実の兄姉だ。その折の、未だ解明できていない謎を解きたい気持ちもある。

しかしタイトルすら決まらなかった。初めは『ねずみの棲み家』と名付けた。母がお茶の水の病院に入ってから、鈴田家の台所には何故かねずみが現われた。元から台所裏の溝などに巣食っていたのかもしれなかったが、無人になって姿を現わしたのかもしれない。このままねずみが増えてしまったらどうしよう、ねずみ算という言葉もあるので恐ろしい気持ちになった。母が亡くなると同時に、係争を始めた兄と次姉をそのねずみたちに重ねた。原稿用紙の一行目に、万年筆で大きく〝ねずみの棲み家〟と書き、その下に括弧して〝仮題〟と書いた。そしてしばらくはそのタイトルで書き進めた。

山川氏が、『三田文学』の編集者として、未熟な私を世に送り出したいという気持ちはよく分かっていたが、その前にもう一つきちんとやりたい仕事があった。それは子供の頃から続いている、自分の気持ちの整理であった。それは〝一人の人間になりたい〟ということだった。

第一に兄への恐怖心から解放される。第二にその前提で小説を書く。

その恐怖心がある限りは〝半人前〟と思っていた。心のなかではかなりの成長を感じていた。少なくとも文京区小石川の兄の家に居候していた頃よりは強くなっている。酸素が薄くなったと思えるほど、息苦しかった恋の山路は越えている。それならば、内部で成長した力を外に出し、形に残したい。そうしなければ〝みそっかす〟という言葉は消えていかない。

翌々日、「今日は熱が下がったわ」と言う梅子は、午前中から茶の間のテレビの前に座り、いつもの子供番組を観ていた。私はいつのまにか、その番組の歌を覚えてしまっていた。そして小説は少しずつ進行していた。季節は梅雨にはいったのか、雨の日が続いた。

梅雨が明けると同時に、劇団鎌倉座のイヴェントがあった。それは芝居の公演ではなく、草野球の試合であった。鎌倉座には〝スリーエイセス〟というチーム名もある野球チームが存在していた。その発足は私の入団以前で、文士里見惇その他の影響によってと聞いていた。昭和の初め、大佛次郎が〝鎌倉老童軍〟という名前の草野球チームを作り、久米正雄、里見惇、有名な仏文学者も加わったという。戦後それが復活したと思われる。

泰志はそのチームの三塁手であり、事前に練習を重ね、当日は張り切って市内笛田の球場にでかけた。相手は自治体関係のチームで、僅差で敗けてしまったが、惇氏息子の山内兄弟と座員たちの嬉しそうな顔は印象的であった。惇氏の、まさ夫人も、日傘を持って応援に駆け付けていた。その後の二次会はいつものように酒を飲む会となった。それも久しぶりのことで大いに盛り上がった。

夫泰志が色白の体質にも拘わらず、日焼けを好んでいたのは、それらスポーツに関係していたのか。遡れば、創成期のラガーマン倉田伊佐男の長男として生まれている。子供の頃体が弱く、体育の授業は休んでいたと聞いている。その結果、演劇に目覚め、父のラグビーは弟洋二が継い

でいる。母親梅子の心が妙に弟に傾くのも、そんなところにあるのかもしれない。しかし、さらに色白体質の私に、

「日焼けしろ」

と言うのには困った。考えた末、反論する。

「私、スポーツサークルで、あなたと知り合ったわけではないのよ」

「……」

「鎌倉座は、顔にドーランを塗って、舞台で演技をするところでしょう」

私は正論を口にしているつもりだが、夫は納得しない顔を見せる。口下手でもある夫は、日焼けを好む自分の気持ちを上手く説明できない。私は幼い頃から〝色白は七難を隠す〟と聞かされ、何とかそれを頼りに生きてきたので、そのデリケートな気持ちは秘めたるものとして、内に留めておきたかった。それでも休みの日は、連れだって海に行き、水着を着た肌をさらすことがあった。

結局、朝早く起きだれもがまだ眠っているうちに、机に向かうしかなかった。私はその行為を〝朝勉《あさべん》〟と名付けていた。そのアサベンは、中年になってはいった大学通信教育課程でも大いに役に立った。

『文學界』誌九月号に、短編『眼鏡』が掲載される。四姉多見子をモデルにした作品だった。

書き続けている『ねずみの棲み家』の原稿枚数は増えていた。年内には書き上げたいと思って

いた。それも十二月に入って大掃除などで、家事が忙しくなる前に。山川氏にもその連絡は手紙で送っていた。その頃山川氏は翌二月号のため、『十三年』を書いていた。後にショートショートと言われる作品の第一号であった。

こちらの筆は思うように進まず、四百字詰め原稿用紙三百枚を少し超える作品を書き上げたのは、その翌年、昭和三十六年になってからだった。私はその原稿を小包にして山川氏に送った。氏はすぐに読んでくれたようで、一週間ほど経ってその批評が届いた。それは原稿用紙の裏側、その白紙の部分に、鉛筆でぎっしりと書いたものだった。何枚目の何行目と具体的な部分を指摘して、それぞれコメントが添えられていた。私は有難くその批評を受けたが、いささか混乱を覚えていた。このコメントはどういう意味か、と訊ねたいところもあったので、東京で会って話を聞くことになった。

その日氏はいきなり言った。

「『ねずみの棲み家』、このタイトルが良くない」

「仮題として、付けたのですが」

「開高健の『パニック』と重なることになる。ねずみの大群が現われる、社会風刺の作品として、評価された」

三年前『裸の王様』で芥川賞を受賞した作家が、その前年『新日本文学』に書いた作品だ。そんなことは全く考えていなかった。いつもながらレベルの高い言葉が降ってくる。私はただその家の女主が死んだ後の荒廃した台所、そして私と年の離れた兄姉の争いを書きたかった。大量のねずみも、加也子に見せられた訴状も、母の死によって現われたものである。母の存在は大きかったと改めて思う。……その母の魅力を伝えたかったのだ。

「考えてみます」

と答えて家に戻った。〝どうしても、タイトルは『ねずみの棲み家』に……〟と言えなかったのは、私の考えが不徹底だったからだ。

帰路の車中も色々と考えた。電車は多摩川を渡り、やがて横浜駅のホームに着いた。人びとの乗り降りが多く長く停車した。やがて発車のベルが鳴った。その寸前、「次は保土ヶ谷ー」という語尾を伸ばした声が聞えた。保土ケ谷、ホドガヤ。

その地には、戦後まもなく母と一緒に訪ねた、忘れられない思い出があった。進行方向右手にある山の上に保土ヶ谷教会があった。私は母と一緒に米や芋を背負って、その坂を上った。その教会は、大正末期病んだ母を導いた、フランス人神父シェレル師の疎開地だった。母はその恩が忘れられず、当時不足していた食料を持って、シェレル師を訪ねたのだ。何年ぶりかで恩師に会えた母はとても嬉しそうであった……。白いひげを伸ばしたシェレル師の顔は穏やかで、慈悲深く感じられ、十代始めの私の記憶に残った。

それから電車は戸塚のトンネル、北鎌倉のトンネルを越えて、鎌倉駅に着いた。その夜、私は久しぶりに聖書のページを開いた。それは嫁ぐ時に母が持たせてくれたものだった。最後は黙示録のページになった。私は何故かこの章が好きだった。長編の新しいタイトルを考えなくてはならなかった。多くの言葉から選び出したのは〝地上の草〟だった。樹々でもない、花でもない一本の草。枯れそうで枯れず伸びていく雑草の姿が目に浮かび、親しみを覚えていた。そして新タイトルは『地上の草』と決めた。

それは母のお陰、同時に神の導き、と言えば格好が付くが……、自己主張力のない私の弱さから、辿り着いた場所とも言えた。

その後、山川氏に会った折り、

「〝地上の草〟といたしました」

と伝えると、

「かなり、宗教寄りになったな、でも良いでしょう」

という返事をもらった。一生懸命考えたのに、褒められたわけでもなく、少し不満を覚えていた。

二十二　青あらし

当時の『三田文学』編集は、作家桂芳久氏が担当していた。山川氏と同期の慶應義塾大学卒、そして広島の原爆投下の日、その地にいた被爆者とも聞いていた。地味な印象の人で、話し方も山川氏と違って静かだった。

『地上の草』の原稿は、山川氏から『三田文学』編集部に送られ、桂編集長がそれを読む。その結果、掲載可または不可が決まる。私はその結果を待つことになった。……まもなく桂編集長から電話があり、掲載可の知らせがはいった。しかし枚数が多く、一挙掲載は無理という。〝一回を六十枚として、六ヶ月連載はどうか〟という提案があった。今年の七月号から十二月号までの六回と。後に季刊誌となり、年四回の発刊になった『三田文学』誌は、当時毎月発刊されていた。私はそれを受け入れた。推測だが……、その間桂編集長と山川氏のあいだに色々と話があったようだ。

東京駅八重洲口近くの喫茶店に集合し、桂氏、山川氏、私の三人で細かい話を決めたのは、それからまもなくだった。桂編集長は言う。

「私は、『地上の草』の掲載に限り、前編集長山川方夫氏に、その指導を委託いたします」

それは正式な挨拶だった。この年、一九六一年、ジョン・F・ケネディがアメリカ合衆国の第三十五代大統領に就任する。以来、下大崎の山川氏の家に通い、差し向かいで細かい指導を受ける。その頃、山川氏の家は、新築の家に変わっていた。

帰りはいつものように、品川駅から横須賀線に乗り、窓の外に目を遣った。多摩川の鉄橋を渡ると、神奈川県になる。しかし、まだ鼻先には東京の匂いが残る。横浜駅のホームに着いた頃それも消える。戸塚のトンネルを越える。かつてこの地は、東海道の難所と言われた山地であり、山賊も現われるので旅人は恐れていたと聞く。今は崖沿いに多くの家が建っている。神奈川の匂いが感じられる。最後に北鎌倉のトンネルを越えると、現実的な緊張感か湧く。婚家で私の帰りを待っている姑梅子の顔が浮かぶからである。

しかしその夕方は珍しく機嫌が良く、「揚げ物が美味しく揚がったわ。キャベツの千切りとお汁は作ってくださいい」と言って、出迎えてくれた。千切りも卵とじの澄まし汁もすぐにできた。揚げ物は〝竜田《たつた》揚げ〟と言っていたが、それはこの家独特の豚肉を使ったもので、スポーツマンの次男洋二が好んで食べる肉料理だった。

翌日の午後、二階にいる梅子が私を呼んでいた。

「ちょっと須江子さん、来てください」

急いで二階に上がった。二階の窓辺にいた梅子は、何故か涙を零していた。具合でも悪いのかと思ったが、違っていた。

「見てちょうだい、あちらを」

と言って、東側の隣家田辺家の庭を指差している。見ると、庭の端の塀の上に立つ男子の姿がある。両手に旗を持っている。体格は良いがまだ半ズボンを履く年齢で、服装はボーイスカウトの制服のようだ。遠見だが、それは田辺家の次男坊のようだ。

旗が激しく動いている。あっ、手旗信号だ、と気付く。……私は戦時中疎開先の学校で、手旗信号を習ったので、その旗の動きが読める。

か、え、れ、と振っているのが分かる。続いて、す、ぐ、に、で、ろ、と旗が動く。

梅子は、窓辺に立ったときに気付いて、私を呼んだと思われる。

「手旗信号ですね、ボーイスカウトで習ったのでしょうか」

「なんて言っているの」

「かえれ、すぐにでろ、と振っています」

「まあ、なんて可哀そうなんでしょう、実の子供が、あんなことを。なんて父親でしょう」

梅子は泣き続けていた。

田辺家にはまだあの元女優の女が住んでいた。次男坊が立っていた塀の後ろに、母親の花子や長男がいたのだろうか。確認できなかったが、私はむしろ梅子の反応に驚いていた。田辺のパパが同居の女と訪れたとき、あんなにいそいそと茶を淹れていたのに……、事が子供の姿として現われると、泣いて批判をする。

〝子供、こども……〟そんな声が梅子の涙から聞こえてくるような気がしていた。

田辺家にいた主人と同居の女が、手旗信号を振る子供を見ていたのか、どうかは知らないが、やがて同居の女は出て行った。去って行く日、女は見事な苺を二箱抱えて、挨拶にきた。梅子はでかけていて、私一人家に居た。艶のある中国服を着ていて優雅な姿だった。

「お世話になりました。お義母様によろしくお伝えください」

身ごしらえ、表情、声、至って冷静な態度に思えた。私には別世界の人間に思えた。

やがて妻花子と息子二人は、隣家に戻ってきた。夫婦仲が元に戻ったかどうかは知らないが、姑梅子との、日々の交流は復活した。呼び名も田辺のママのままだった。それがその後の私にとって、プラスに働いたのか、マイナスだったのか、今もって不明である。

私はともかく、新作『地上の草』の連載に取り組まなければならなかった。午後の三時になると、昔通り田辺のママが菓子などを持って現われたが、今回ばかりは相手もできず、事情を話し机の前に座った。アサベンもしたが、あまり早く起きると夜眠くなり、夫の泰志に名前を呼ばれても、虚ろに聞いていることになり、夫婦円満とはいかない状況になった。

夫泰志が務める会社N映画社に問題が起きたのはその頃だ。最近は大ヒット作品もなく、景気が低迷していたが、H映画社と合併し、新会社が設立されるという。合併という言葉を使ってはいたが、社名はH映画社になり、N映画社の力は弱くなる。それを嫌って退職する職員もいるという話だ。

泰志の脳裏にかつて父親が社長を務めていた〝倉田商店〟が浮かんだのは当然のことであった。梅子も同じ考えのようで、泰志は、京橋の倉田商店に出向き、現社長の倉田守男と交渉をするようになっていた。しかし、会社には伊佐男の兄の息子である前々社長の息子が入っているうえ、守男自身にも三人の息子がある。さらに相撲部出身の社長は、演劇研究会で活躍した泰志を好んでいない様子で、結論は先送りされていた。

泰志は諦めず、東京の会社にいる限りは、昼休みに京橋の店に通い、懇願した。梅子もそれを応援し、日々伊佐男の遺影に向かい、手を合わせていた。

いくつもの問題を抱えながら、私は週または十日に一度、下大崎の山川邸に通った。

新築された家にも、長男山川氏のための立派な書斎が造られていた。ドアで開閉する部屋だったが、やはり二十センチほど開けられていた。厳しい指導が終わると、山川氏は笑顔を浮かべて「お疲れ様」と言い、近くの五反田駅まで送ってくれた。その通り道で氏はハッカの入った煙草を買っていた。それはニコチン量の少ない軽い煙草であった。私もその煙草を吸ったことがあるので、親しみを覚えていた。駅への横断歩道を渡ってふり返ると、その煙草を手にして歩く氏の背中が小さく見えたが、その存在はやはり大きく感じられた。

そしてまた車中の人となり、トンネルを二つ潜って鎌倉に着いた。

家の裏木戸の近くで、配達の鮮魚商人とすれ違った。スーパー・マーケットが開店しても、まだ午前中の〝御用聞き〟に注文し、夕方それが届くのを待つ、という習慣は無くなっていなかった。肉の配達ではなかったので、今日は肉好きの洋二がいないのか、と思いながら台所口にはいった。案の定、洋二は友人の家に呼ばれていて不在だった。泰志もセールスに出かけている日で、梅子と二人で鯵の塩焼きに大根おろしを添えて夕食とした。当時は、魚の方が肉より安かった。

「一人で食べるより、ずっと美味しいわ」

梅子はそう言って、喜んでいた。

後片付けをしてから、机に向かった。一行一行、いや一語一語、こつこつと書いていくうちに、何かが変わってきて、それまでは想定していなかった新しい物語の世界が広がってくることもある。そのときの嬉しさは格別だが、そんなことはめったにない。根気強く書いていくしかない。他の人間と顔を合わせている時は、気の弱さが感じられる私だったが、一人で書き始めるとその弱さは消えていくのだった。これは不思議なこと、と言えた。それでも、泰志がセールスから戻ってくる前日は、五感が疼くような興奮が湧いた。付き合っているとき、薪で焚いた風呂に入って稽古場に来るときから始まって、湯上りの泰志の匂いが今でも好きであった。詩人の才があったならば、「匂い」という詩を書いたかもしれないと思うほど、私は鼻が利くのだった。

しかし、この作品を完成させるまでは、子供は作れない、と思っていた。私なりに計算をしていたつもりであった。初回の七月号が早めに発行された。評判は悪くはなかった。第二回の原稿はすでに送ってある。第三回の原稿を進めているうちに、梅雨にはいった。雨の音を聞きながら私は原稿を書いた。ペンを進めながら、戦後に住んだ長谷東町の家で、大家族の日々を過ごし、一人一本ずつの傘がなく、雨の日は悲しかったことを思い出していた。

そして第三回の原稿も完成した。

長い梅雨も明け、暑い夏が訪れた。当時の鎌倉は、観光客よりも海水浴の若者が多く存在した。湘南ボーイだった泰志は、休みの日は昼も夜も浜に出て、海の風に吹かれていた。冷たいビールが冷蔵庫に入るようになっていた。私は水着を着て波打ち際に立つぐらいであったが、二度ほど泰志のお供をした。相変わらず泰志は「日焼けしろ、日焼けしろ」と繰り返していた。砂浜には若い男女が溢れていて、ビーチパラソルも花が咲いたように立てられていた。広告塔から心躍るジャズ音楽が流れていた。さらにこの年、
わかっちゃいるけど　やめられない……

という歌詞の「スーダラ節」が流行っていた。

気が付いたとき、私は妊娠をしていた。

悪阻の症状もなく、姉たちから聞いていた〝酸っぱいものが食べたくなる〟という傾向もなく、

気付くのが遅れていた。すでに第四回目の原稿に取り掛かっていた。それにしても、いつもとは違う熱っぽさが下腹に感じられた。生理はしばらく止まっている。最初に泰志に話すと同時に、梅子にもそのことを伝えた。梅子は嬉しげな笑みを浮かべ、いつもより元気な足取りで、近くの産婦人科医院に私を連れて行った。

診察はすぐに終わり、「お目出度です」の結果が告げられた。出産予定は来年二月の初めという。そのとき「少し血圧が高いです」と言われていた。私は医師に、

「連載小説を書いている途中です」

と話した。血圧は予想外の妊娠で、驚いた結果と解釈し、気に留めていなかった。

次に山川氏に指導を受ける日にちも決まっていた。妊娠のことは完成した第四回目の原稿を送るときに、手紙を添えて知らせた。こんなときに、申し訳ない、と詫びるのも恥ずかしく、逆に自慢する気も湧かなかった。

山川氏はその話を家族に知らせたのだろうか。いつものように新築の書斎に入り、テーブルを挟んで向き合った椅子に腰かけたとき、私は気付いた。茶を運んできた氏の姉が去った後、古い家の時も、二宮の海沿いの屋敷のときも、必ず二十センチほど開いていた入口の戸が、きちんと閉まっていたのである。その光景は、私の人生のなかで〝喜劇、コメディ〟と言えるものでもあった。違う人間になったわけでもないのに〝扱い〟が変わってしまっている。

〝これは一体どういうことですか？〟

目の前の男性に問いただすこともできず、笑いたかったが笑わずに堪えた。どう考えても笑われる人物は、その女性を演じている私自身であったからだ。

……いつもの厳しい指導を受けて、横須賀線で鎌倉に帰った。車窓から眺める外の風景は特に変わってはいなかった。私は少し安心していた。その夜は泰志がいない日であったので、机に向かった。『地上の草』の第五回そして最終回の原稿を、何としても書き上げなくてはならなかった。四百字詰め原稿用紙に三枚ほど書いてひと息ついたとき、私はいつもと違う何かに気付いた。

S学園の高校生の頃、バスケットボール部に入っていたとき、指導者に、

「シュートするときは、下腹に力を入れて」

と言われたことを思い出す。

つまり、下腹に力が入らなかったのである。手に持っているものがHBの鉛筆であり、大きなボールではなかったにも拘らず、その下腹の部分が強く意識されていた。振り払ってもその意識は消えなかった。深夜になって、私はそれまで下腹の力によって、書く作業の全てが支えられていたと気付く。『となりの客』『降誕祭の手紙』を書いたときもそうだったのか。それは〝全身全霊〟で書くということではなかったか。残り二回の原稿が気になってなかなか眠れなかった。

朝が来て、二階から降りてくる梅子と顔を合わせた。

「今日は病院に検査に行く日なの」

と言った。

「お一人で、大丈夫ですか」

「通いなれたところですから」

「冷たいソーメンでも、用意しておきますから」

そんな会話を交わした。時折微熱が出る梅子は、冷たいソーメンを好んだ。検査の結果は数日後に分かるという話だった。その頃は泰志もセールスから戻ってくる。良い結果が出て、ビールで乾杯するか、と考えた。

しかしその検査結果は、思ったより悪かった。数ヶ月の療養を必要とする、と言われ、梅子は再び鵠沼の病院に入った。泰志はその母親に付き添い、医師にも説明を受け、その話をさらに倉田商店の守男社長に報告に行った。

戻ってきた泰志は疲れた様子もなく、思ったより明るい表情を浮かべていた。懐から守男社長の見舞金の入った袋を取り出して見せたが、機嫌の良いのはそのことではない、とやがて分かる。

「社長に、妻が妊娠した、と話した」

入院騒ぎでその話題はここ数日していなかった。

「守男さんは、とても喜んでいた」

ときに泰志は、父の従兄弟である社長を名前で呼んだ。

「来年からの僕の入社を許可する、と」

「まあ、それはおめでとう」

「守男さんは、相撲と酒が好きなのは分かっているだろうが、見かけによらず、子供が好きなんだ。お須江有り難う」

礼を言われるとは夢にも思っていなかった私は、下腹を意識しながら、苦笑いを浮かべた。あちらを立てれば、こちらが立たず……、という状況は依然として続いているのだった。

姑がいなくなった家で、泰志と洋二の食事の世話をしながら、私は小説を書き続けた。

足がむくみ始めたのは、その頃からだった。兄弟共に東京下町の濃い味が好きで、毎朝作る味噌汁も濃い目に拵えた。その影響があったかどうかは分からない。初めは軽かった症状は少しずつ進んでいた。その後無事に妊娠五ヶ月目に入り、腹帯も締めた。病院を見舞い、報告すると梅子は涙を零し喜んでいた。そして何とか連載第五回目を書き上げ、山川氏に郵送した。後は、最終回を残すのみとなった。しかし、長篇の最終回には、それまでの伏線を結ぶ作業もあり、それなりの山場もある。何よりも全編各所の文を記憶していなければならない。高血圧はその記憶力を妨害していると思えた。それでも私は精いっぱい書いた。

その結果、私の足は太い丸たん棒になり、顔も浮腫んだ。

産婦人科医は、即座に「その仕事を辞めなさい」と言ったが、私は書き続け、そして最終回を書き上げた。しかし郵送後も、ベストを尽くしたという実感はなく、自信も湧いていなかった。

以来、私は横須賀線に乗って、下大崎の山川邸に行くことはなかった……。

梅子は、木枯らしの吹く十一月半ば退院し、家に戻ってきた。

思ったより元気で、しっかりとした足取りで茶の間に入り、仏壇に手を合わせていた。

「留守中は有り難う」

と、仏壇にも、私にも言っているような声音でそう言い、鉦を鳴らしていた。その日、私はおでんの材料を整え、大根も混じえて、早くから煮込んでいた。この家のしきたりからすれば、尾頭付きの鯛などを揃え、〝目出度い〟と祝うべきだったろうが、そんな予算はなかった。不満もあったろうが、かなり腹も迫り出してきた私を見て、梅子は何も言わず、その料理を口に運んでいた。

なんと言っても、梅子は出産の経験者であった。それも以前から孫との対面を願っていたひとである。同じく経験者の田辺のママも時折現われ、料理などを運んできてくれた。それは主に肉料理であったが、たまにはポテトサラダなどを持参するので、私は頭を下げてそれらを受け取った。

洋二のガールフレンド由美江も時折顔を見せた。身長があり、高身長の洋二と連れ立って歩くとお似合いの男女という印象があった。両親が揃っている家の次女で、その父親はM系大手の会社で役員をしていると聞いていた。自己主張のはっきりとした娘でもあった。臨月を間近にし、浮腫んだ身体を抱え、あちこちに気を遣っている私を見て、

「私は、長男とはぜったいに結婚しないわ」

と繰り返していた。それは宣言のようにも聞こえた。姉妹校出身で、共通点を期待したのは間違いで、時代と育った環境が違うと感じた。

高見順氏の『わが胸の底のここには』の、その九――私に於ける悲惨な事件について、のなか、一人の学友について、つぎのようにかたった箇所がある。

あの坂部のしんの強さは、父親と母親の完全に円満に揃っているその家庭のせいに違いないということが、啓示のようにひらめいた。

そしてその作品の主人公〝私〟は、精神の均衡性、健康さ、に気付く。そして、この私に、それはない、と。

私倉田須江子は、両親揃った家に生まれてはいるが……、共感できる一文と受け止めた。由美江の出現も、この時期に吹いた青あらしの一つだったのか。また一人難物が現われたという思いになっていた。

十二月初旬、『地上の草』最終回の載った『三田文学』誌が発刊された。山川氏より感想の手紙が来たが、〝正直にいって、いささか読みづらいものになってしまっている感じです〟とあり、最後に〝少し怒ってください〟と結んであった。私が氏の批評に対して、怒る力もないことを見抜いていたと思われる。悔しく思っても、〝あなたは妊娠したことがありますか〟と、反論する気にもならず、最近外からも胎動がわかるようになった腹を見て、黙るよりほかに方法はなかった。

そのまま年が明け、昭和三十七年となった。

二十三　出産

予定日の二月より少し早い一月の末、私は産気付いた。

その日痛みより早く破水があった。経験のない私は台所で夕食の支度をしながら、「あら、水が……」と呟いた。下半身に、尿を漏らすとは少し違った感覚があった。

近くにいた梅子にその声が聞こえ、「大変、破水したのではないの」と言われた。休日で家に居た泰志と共に、病院に行った。近くなので歩いていくことができた。すぐに案内された部屋は病室でもなく、分娩室でもなく、その中間の産婦がはいるような、細長い部屋だった。そこのベッドに寝かされ、私は医師の診察を受けた。医師はすぐに血圧を測った。その数値を見た医師は、「これでは、陣痛促進剤の注射は打てない」と言った。促進剤は血圧に影響するので、私は自然分娩をすることになった。

痛みは一定の間隔を置いて襲ってきたが、激しくなると同時に私は吐き気を覚えるようになった。付き添っている泰志は、受け皿を私の口の脇に置き、吐き気が起こるたびに背中をさすっていた。夢中であったが、この吐き気は高血圧から起きる症状と感じていた。実家の母や姉たちから、吐き気の話は一度も聞いていなかったのである。

陣痛と吐き気に苦しんでいた頃、梅子から「様子を見て来てくれ」と頼まれたのだろうか、その部屋に洋二と由美江が入ってきた。まさに私が呻き、嘔吐している最中であった。

しばらくは二人の姿が、足元の方に見えていたが、帰って行った。その寸前、

「もう、こんな風景、見ていられないわ」

と言う声が聞こえた。由美江の言葉に違いなかった。まもなく私は分娩室に運ばれた。

ひと晩苦しんで、翌朝の八時五十五分、鉗子分娩によって男子が生まれた。元気そうな泣き声を確かに聞いた。看護師が「お父さんそっくりの坊ちゃんですよ」というのを遠くに聞いた。それから母子ともに、二階の病室に運ばれた。

改めて初着を着せられた赤子の顔を見る。欲目からか、整った顔立ちに思えた。髪の毛も黒々としている。体重も三キロを超えていると聞かされた。問題なし、と思ったとき、左の耳介が右の耳介に比べて少し小さいことに気付く。看護師を呼んで、訊ねる。

「鉗子のせいと思いますが」

という答えがあった。鉗子は胎児の顔を傷つけないように、両耳を挟み、そして引くという。その際、柔らかい、とても柔らかい耳介が、片方潰れたのか。

「でも聴力には、問題ないと」

「そうですか」

と答えたものの、その夜は興奮してなかなか寝付けなかった。

親譲りの高血圧症があり、その両親とも死に別れ、婚家にも厳しい事情があったとは言え、聴力に問題があったとしたら、それは私が一生背負っていかなくてはならない、と感じていた。……戦後の兄の復員以来、兄への恐怖心が消えず、常に被害者意識を抱いていた私、そして文学に目覚め小説を書いてきた私だったが、いつのまに加害者になっていたことに気付かされる。新生児は無垢であると同時に無力の人間なのだ。その存在に目覚めた私は、漠然とした〝母性愛〟という感情より、大きな〝責任〟を感じていた。

産院の外を、町内警防団の人たちが「火の用心、ヨージン、ヨージン」と繰り返して通って行ったのは、その夜のことだった。赤子の名はAと命名した。

それから三ヶ月後、復活祭の季節になった。私はAを抱いて由比ヶ浜教会に向かった。洗礼の儀式を受けたるためだ。冷たい聖水がAの額を濡らした。梅子も泰志も特に反対はしなかった。帰り道、ある言葉を思い出していた。

〝キリスト教の衝動と、エロティックな生命の衝動とは同じである〟

それはかつて、下大崎の山川邸の書斎で見せられた、ジョルジュ・バタイユの書物のなかの一行だった。あの時は、単なる抽象的な言葉と思っていたが、個人として具体的な日々を送り、悩み苦しんだ結果、少なくとも抽象的とは思わなくなっていた。

山川氏に最後に会ったのは、その直後丸岡明氏の出版記念会の席だった。会場の第一ホテルから二次会の銀座裏まで歩いた。一軒の店の前で、新しいニュースを耳にした。

「この度結婚することになりました。相手はあなたと同じ学校の人だ」

と知らされた。氏はいつにない笑顔で、そのお相手の話をしてくれた。

……藤沢市のS学園出身、その高校からさらに東京のカトリック系の女子大に入った氏より一回りも若い女性とのこと。つまりそのお嬢さんは私の後輩となる。私は先輩として堂々としていなくてはならない。そして、

「おめでとうございます。安心いたしました」

と伝えた。そして家ではAの守りをしている梅子が待っているので、その店を後にした。


姑梅子は、Aが二歳なるまで生きていた。幸いAの聴力に問題はなく祖母の問いかけにしっかり「はい」と答えていた。梅子の心臓は弱り、病院に運ばれた翌朝に亡くなった。十月には東京オリンピックが開始される二月のことだった。それまで体調からか機嫌の悪い日もあったが、Aの前ではいつも笑顔を浮かべていた。葬儀も無事に終わった。

洋二は観光会社に就職が決まり、やがて由美江と婚約を交わした。

新たな問題を起こしたのは、婚約者の由美江であった。

「家を買ってください」

と不意に言う。すでに目当てがあるようで、休日の午後、泰志を呼び出した。一時間ほど経って、泰志は蒼ざめた顔になって戻ってきた。由美江の母親も来ていて、

「お兄さん、この家は如何でしょう」

と詰め寄ってきたという。どうやら泰志がそれを買ってあげることになっているらしい。まさに寝耳に水という話だった。そんな話は泰志も私も聞いていない。由美江は自分の主張を繰り返すばかりなのだ。

「私は次男坊と結婚し、一軒家に住むと決めていました。母が長男と結婚し、苦労したのを見てきたからです」

洋二は、それについてどう思っているのだろう。泰志に聞いてもらうと、その返事は曖昧であった、という。次第に分かってきたことは、洋二が由美江に結婚申し込みをする際、由美江にその条件を出され、

「いいよ」と軽く返事をしてしまった、ということだ。

これまで結婚には〝愛〟が基本の条件と思っていた私には、衝撃的な問題であった。まだ梅子の名義だった家の相続もしていない。この家を売って、その金で買え、と言うのかと思うと、そうではない。

「この家はこのままにして、その上で一軒家を」

と言っている。経済感覚が根本的に違っているとしか思えない。梅子は健在のとき、嫁が子供を産むことを〝実績〟と言っていた。その実績もなく。母親の実家が天皇家に縁の深い家と聞いていた。それ故の誇りそして我儘か。

泰志はすでに倉田商店の社員になっていたが、その給料は、映画のセールスをやっていたころより安かった。由美江の家は何か勘違いをしていたようだ。しかし、実家の裁判沙汰もまだ決着せず、同じような争いになるのは避けなくてはならず、泰志と相談しできる限りのことはした。かなり前からそういう話も出ていた、西側の隣家村多家の土地を、その家の主人一平に売ることにした。植木職を続けているうちに、息子も娘も成長し、経済的な余裕ができたという話であった。そしてその金を倉田家の次男洋二に渡す。売却後、敷地は約四十坪あった。しかし、村多家には長年の功績もあり、そう高くは売れなかった。やっとその境に塀が建てられた。

私はその塀を〝家の自立〟という言葉を思い浮かべながら眺めた。

足りない分は、洋二が出た後、空くことになる二階の二間を改めて人に貸し、その部屋代の八割を毎月洋二に渡す。二割は管理人となる私がもらうことにした。そして結婚後は、二階堂地区にアパートを借りて暮らしてくれるように、説得するまで半年かかった。

そして昭和のオリンピックも洋二と由美江の結婚式も終わった。いい塩梅に、借間人はすぐに決まった。私はその収入を洋二に渡した。毎月初め、受け取りの印鑑を押してもらう封筒も作った。全て実家で学んだことだった。

しかし、由美江は思いが叶わなかったことを根に持っているのか、訪れるたびに、

「この家の人には、なにもしてもらっていない」

という言葉を繰り返した。

そして元々洋二とは関係の深かった田辺家に、積極的に出入りをするようになった。由美江もやはり、その人の出自や派手な金回りを好んでいる様子で、兄弟の家庭の分裂が感じられた。田辺のパパは、二階堂地区から通ってくる由美江を受け入れていたようだが、私に対する態度は相変わらず冷ややかであった。

ある日の夜半、近くの公立小学校で火災が起きた。雨が降っていた。古い家の雨樋はあちこちに亀裂が起きて穴が開き、激しい雨のときは地面に大きな音を立てて流れ出すようになっていた。修理には金がかかるので、そのまま放置してあった。夜中はその滝のような音以外は何も聞こえなかった。明け方近く裏木戸を叩く音と同時に人の声がしたので、急いで行った。町内会の人が知らせにきていた。出火と気付いたと同時に、知らせにきて声をかけたが、反応がなかったという。聞くと小学校の一棟が全焼するかなりの火災だったという。

「済みません、雨の音がうるさくて……」

そう言って詫びると、分かったのか、その人は帰って行った。

泰志に知らせる。すぐにAを抱いて三人で様子を見に……。警備の人がいて近寄ることができなかったが、家に近い西側の部分が、焼失したように見えた。

「だいぶ焼けたな」

泰志はそう言って佇んでいたが、時間になると戻り、服を着替えて出勤した。一人になってから、田辺家を訪ねた。「気が付きませんで……」という挨拶を兼ねてのこと、軽い気持ちで、台所口から声をかけた。奥から出てきたのはママではなく、巨体のパパだった。

「雨の音がうるさくて」

全部を言わないうちに、悪口雑言、いやそれ以上の猥褻な言葉が頭の上から降ってきた。

「なんだい、いくら××盛りだと言っても、大火事を知らないで眠ってやがった。呆れかえるわ、ふてぶてしい女め」

体格の割には気が小さいのか、近隣の火事に怯えた様子が窺われた。私は、

「申し訳ありません」

というのが精いっぱいで、私は逃げるようにその場を去った。家に帰って改めて壊れた雨樋を眺めた。庭に面した樋には大きな穴が三ヶ所開いていたが……、〝これを見てください〟と声をかけに行く気も湧かず、涙腺が壊れた雨樋のようになった。

それでも納得のいかない気持は残っていた。その夜帰宅した泰志にその話をした。泰志は穏やかにその話を聞いて、「隣りに電話してやるよ」と言い、すぐに受話器を取った。そして、

「妻が、お叱りを受けたそうで」

と家の事情を説明してくれた。

「いやあ、こちらも少し興奮しておりましたので、本当に怖かったですよ」

田辺のパパは、泰志にはそう言ったという。私は夫の行為を有り難く受け止めた。

しかし、次に私と会った巨体の男は、

「亭主に、言い付けやがって」

と言い、反省している様子を見せなかった。

二十四　海辺の葬儀

　昭和四十年正月、私は二人目の子供を身籠っていた。予定日は九月初旬、高血圧の問題から、医師に〝夏に出産を〟と言われての、計画妊娠であった。

　山川氏はその後二宮の家で新婚生活を送り、その通知が届いたと同時に、『最初の秋』という新婚時代の様子を書いた作品を発表していた。

　〝幸せを書く作品があっても良いのではないか〟というコメントも発表し、その将来が期待されていた。私は二人目を無事出産し、一人を背中に背負い、もう一人の手を引いても、二宮に通って文学の話を聞きたいと思っていた。そしてそれは、いつか実現できると思っていた。

　翌月の二月、山川氏が交通事故に遭ったという知らせは、『三田文学』の作家仲間、高橋昌男氏が電話で知らせてくれた。翌日の新聞にもその記事は載った。再度高橋氏からかかってきた電話は、氏が亡くなったという知らせであった。私は二度目の妊娠中でもあり、流産を恐れて動揺を抑えようとしたが、収まらなかった。家のなかをうろうろ歩き〝何故〟という言葉を繰り返した。子供を背負って二宮に行く、その自分の姿がイメージとなって残り、なかなか消えていかなかった。

通夜の日は、泰志にAを預けて一人で行き、葬儀はAの手を引いて電車に乗った。大船から東海道線に乗り換えたとき、倉田という姓に代わった由美江が同じ車両に居ることに気付いた。由美江は喪服を着ていた私に気付き、

「お義姉さん、二宮に行くのでしょう。私も同じ二宮に。私と山川夫人は、S学園の同級生なの、彼女はずっと級長をしていたわ」

見ると、同じ年ごろの女性も何人か乗っていた。揃って葬儀に行くのだろう。

そんな縁もあったのか。お陰で、Aの手を引いてくれたので助かった。

二宮駅で降りる客は多かった。葬儀の参加者はかなり多く感じられた。事故があったと聞く国道を越えて、海の方角の山川邸に向かった。

門前に着いたとき、弔問客を迎える受付の前に立つ坂上弘氏に気付く。なんという表情をしているのか。それは凍り付いているとも、硬直しているとも言えたが、どの言葉も当てはまらないと思えるほどの、例えられない顔、悲しみの極限という顔であった。玄関付近に江藤淳氏夫妻の姿も見えた。江藤氏は坂上氏とは逆にまめまめしく身体を動かしていた。

弔辞は、慶應義塾大学で山川氏と戦後を過ごした、TBSのプロデューサー蟻川茂男氏が、泣

き叫ぶように読んだ。

「山川、おれはどうしたらいいんだ？」

という問いかけから始まった弔辞は、聞くひとたちの涙をさらに誘い、その身体を震わせもした。蟻川氏は、まだこれから山川氏と共に生きていく、と信じていたように思えた。

〝これから私は、どうしたらいいの〟

という問いかけは、私自身のなかにも存在していた。しかし、九月に二人目の子供を産む私は、泣かないように、と自分に言い聞かせ続けていた。

九月十二日、二度目の出産は無事に終わった。縁起を担いだわけではないが、初産の時と医院を変えて、鎌倉駅近くのS医院を選んだ。一度目の難産に比べて、二度目はその玄関を潜ってから、一時間四十分で産声を聞く安産であった。

産まれたのは女児でS子と名付けた。Aには妹ができて一人っ子の寂しさは無くなると思い、私は何年ぶりかで安堵を覚えた。青あらしが一つ去ったような気持ちがしていた。


しかし私はその五ヶ月後の、山川氏の一周忌の会に出席しなかった。いや、二人の子供を預けるところもなく、銀座の交詢社という会場の高い会費も払えず、参加することができなかったのである。もちろん通知は届いていた。かつて安岡章太郎氏の『海辺の光景』の出版と受賞を祝う会に、通知がなかったにも拘らず、出席しなかった私を咎めた山川氏の一周忌の会に、私は欠席したのである。当時の文壇は華やかであり、何かと催されるそれらの会の会場は、超一流の場所であった。

作品の世界から、尾崎一雄氏の貧乏物語、安岡章太郎氏の戦後のアルバイト物語、父親急逝後の山川家の物語に親しみ、文芸作品として学ぶことはできたが、その裏には〝顔を繋ぐ〟という意味で、金のかかる現実も潜んでいた。しかし本当のことを言って、〝あの一周忌だけは出席したかった〟という思いが、現在でも残っている。女々しい、諦めが悪い、執念深い、と言われても事実なのだから、そう書くより仕方がない。

その後私は沈黙し、筆を止めたかと言うとそうではない。Aが鎌倉市長谷の光則寺が運営する幼稚園に入園したとき、その入園式に出席した母親としての私の、強い実感を書き残したく、それを中心に書いた『ある朝の桜』という短編である。

その実感とは、〝私の名前が消えた〟という認識である。それは思ってもいない事実だった。私はその日から、幼稚園の関係者に「何々ちゃんのお母さん」つまり「Aちゃんのお母さん」と呼ばれるようになった。坂を上がり、境内に向かう道の両側には、桜の花が満開になっていた。遅れて咲く八重桜がその奥に植わっている。海棠寺《かいどう》とも呼ばれているので、本堂に近い庭に、海棠の大木も見える。花は毎年咲き、そして散ってもその名は消えて行かない。入園式の日は、初めから終わりまで、僧侶の園長、その姉である副園長や保母さんに「ご父兄の皆様」そして「お母さん方」と呼ばれていた。

名前の消えない花々が羨ましくもあった。筆名があって良かった、という思いも湧いていた。遠い昔、父と一緒に行った茨城の長竿村の〝松風庵〟が目に浮かんでいた。

その作品『ある朝の桜』を当時の『三田文学』編集長の高橋昌男氏に送った。しばらくして『三田文学』の懇親会があったので出席して、掲載の是非を訊ねた。高橋氏の返事は素っ気ないものであった。

「子供の入園式の日に、いくら探しても自分の名前がない、なんてそんなおかしな話はないよ。当たり前の話じゃないか」

それほど説得力のない作品になっていたのか。私は取り付く島もなく暗然とした。もう少し議論すれば良かったと思うが、狭い会場には人が溢れていた上、酒を飲む人もいた。時代がまだ古かったのか、話はそれで終わってしまった。それからしばらく沈黙した。

洋二と由美江はやがて鎌倉瑞泉寺近くに土地を買い、家を建てた。子供が一人生まれていた。高級車を買って乗り回してもいた。時代の流れで海外旅行の添乗員になり、免税店などに出入りしていたが、金銭感覚と欲望が異常に思えた。私のなかに不安感が湧いていた。義姉として注意をするべきか迷ったが、嫉妬と思われる気もして、黙っていた。

しかしその予感が的中し、金銭問題のトラブルが事件として発生した。そして法律的には全く罪のない、泰志や私にも波紋が広がった。市川市の次姉加也子が、良い弁護士を紹介してくれて、すべてが解決するまで数年かかった。二人は離婚し、由美江は子供と実家に帰った。そして洋二は一時期行方不明となった……。

その後、私は久しぶりに『訪問者』という小説を書いた。義弟が真夜中に債権者というお供を連れて家に現われ、兄に署名捺印を強要する、という話だ。

『三田文学』編集長は、坂上弘氏に代わっていた。氏は山川方夫氏亡き後に『故人』という作品を発表している。長編『故人』は、恩人の死を悲しみ追悼する思いが全編に溢れている名作である。

坂上氏は『訪問者』を読んだ後、

「丁寧さが足りないところが何ヶ所もあったが、そこに手を入れるという条件で、掲載可、といたします」

と返事をくれた。私はさらに指導を受け、書き直して原稿を届けた。氏はその原稿に目を通した後、

「あなたは、苦労したのですね」

と言った。その言葉に励まされ、私は以来書き続けるようになった。

二十五　令和五年秋　由比ヶ浜

令和五年初秋、季節が変わっても、由比ヶ浜の空に飛ぶ鳶の数は変わらなかった。私はいつもの岸壁の椅子に一人座り、鳶の描く線を目で追っていた。風が程よいのか、西側の海には、ウインドサーフィンの帆が集まり、東に向かって動いていた。その三角の帆が動くほどに、日の光を反射して色が変わる。元は何色か分からないほどに。

書いている長編も時代の色が次々と変わり、終わりに近付いている。この作品が刊行される頃、また一つ年を重ねる。

この本を書いて良かったのか、空の鳶に向かって問いを向ける。

鳶は大きな円をゆっくりと描いている。円のなかに武者小路実篤の『へんな原稿―戦に行く前―』の言葉が浮かぶ。

「こんなこと書いて何になるか」

「書かないで何になる」
「書いても始まらない」
「書かないでも始まらない」
人間は苦悩や不安があっても生の歩みを止めることはできない。時間と共に、手足は動く。手には文字を書くペンが、足には旅をする履物がある。
〃迷っても書く。それしか方法がない〃
と言っているように思える。
同じ空に、自分の言葉を書いてみる。
逃げない　書く
もう　憶病者　ではない
強い　私
鳶が、その言葉の周りに綺麗な円を描いている。
再び実篤の言葉が浮かぶ。

いじけて
他人にすかれるよりは
欠伸して他人に嫌われるなり
夏の日。
嫌うやつには嫌われて
わかる人にはわかってもらえる
気らくさ。

私を嫌っていた田辺のパパも、恐怖の対象だった兄正一郎も、義弟洋二も、二十世紀末に亡くなっている。

兄の家に居候したお陰で、私は結核に感染しなかったのだ。時と共に、そう思えるようになっている。今は生きているだけで丸儲け、長篇小説を書くこともできる。

結婚に縁のなかった四姉多見子はある年の元旦、孤独のままにこの世を去った。

この姉の分まで生きようと思った。

これらの個性的な人たちが、私を強くしてくれたに違いない。

夫は、約束通り私を大学に行かせてくれた。〝V・ウルフの沈黙の様式について〟の卒論が行き詰まり、鬱ぎみになっている時、

「箱根に行こう」

と誘われ、同行した。温泉で体を温め、散歩に出て山々を眺め、元気を取り戻した。その夫の三回忌は間もなくである。生涯酒の味を愛した人、愛用のグラスや猪口がその匂いを残している。喪失感は大きかったが、自分の時間が増えたことは事実であった。今は涙を堪え、一人の人間として自由も感じながら、日々小説を書いている。


四月に、鳶にマックを攫われた中学生は、今どうしているだろう。きっと成長していると思われる。

この夏の終わり、さち子の就職先が内定した。産業機械などを扱う大手の会社で、本社は大阪にあるという。幸いさち子は今期セ・リーグ優勝した阪神タイガースのファンである。

電話で、

「おめでとう、良かったわね」

と告げると、

「ありがとう、グランマ。でも卒論はまだ書いている途中ですし、単位もまだ少し……」

と言って笑っていた。


いくら内定をもらっても、卒業をしなければ意味はない、と言っているのだった。謙虚に、その現実に向かって一歩一歩進んでいる様子が窺われた。

「ラクロスの部活はもう終わりました」

「そう」

「社会に出て、何か問題が起きたら、一人で抱え込まないように、しようと思っています」

「それがいいわ、いつでも話にきてください」

話はそれで終わった。

由比ヶ浜の、鳶の飛翔は続いていた。その向こうに青く澄んだ大空が広がっている。これまで関わった人びとへの、感謝の気持ちが湧いていた。


十月七日、新しい戦争が始まった。その悲惨な映像が世界に広がった。

さち子が愛する阪神タイガースは、パ・リーグ優勝チームと闘い、さらに勝った。さち子はその優勝パレードを一目見たいと、川崎市から父親のAと一緒に大阪まで出かけて行った。ついでに就職先の本社ビルを眺めてきたと聞いている。

あとがき

今から二十数年前、世紀が変わる頃に、今作品『青あらし』と同じ素材の小説を書こうとしたことがある。しかし諸事情から中止せざるを得なくなった。内面的な問題もあったが、大きな理由は、健康診断で早期の肺がんが見付かり、手術することになったからである。当時は珍しかった胸腔鏡手術が成功し、抗がん剤なども使わずに退院できたが、執刀医N医師に、五年間は再発の恐れがあると言われ、自重をしていた。そしてその間は、N医師が会長であるがん患者の会、のぞみ会に入り、広報の仕事を手伝うと共に、がん患者として死を身近に感じた作品を書いていた。

そんなある日、当時の『三田文学』誌の書き手仲間、広島大学の教授でもある坂本公延《ただのぶ》氏から、一通の葉書が届いた。文面には〝そろそろ、がんから卒業なさってはいかがですか〟と書かれてあった。私は胸を突かれ、気付いた。氏は、〝あなたには、持って生まれた、書くべき主題があるのでは？〟と問うているのだ。

それがきっかけで切り替えることができたが、年の近い姉との葛藤『海の乳房』（作品社）などを書き、青春の混乱期を素材とする『青あらし』にはなかなか辿り着かなかった。

今回、必死で生きた〝恥ずかしい日々〟を小説化できたことは、誠に嬉しい。しかし、過去を語るだけではなく、この作品には未来の空も見える。読者に希望を感じてもらいたい、と願い、由比ヶ浜の春秋を加えた。

最後まで、私を支えて下さった田畑書店の社主大槻慎二氏に深く感謝し、パウル・クレーの青の色彩画を装丁に使用することを許可して下さった、日本パウル・クレー協会様に心より御礼を申し上げます。この協会は、鎌倉市山ノ内にあり、本作で書かせて頂いた鎌倉文士高見順旧宅にも近く、ご縁を感じている。

庵原高子

令和六年三月

参考文献一覧

『エロティシズム』ジョルジュ・バタイユ著作集　澁澤龍彦訳　二見書房（一九七三年）
『燈台へ』ヴァージニア・ウルフ　伊吹知勢訳　みすず書房（一九七八年）
『老年について』E・M・フォースター　小野寺健編　みすず書房（二〇〇二年）
『みそっかす』幸田文　岩波文庫（一九八三年）
『幸福者』『詩』武者小路實篤　日本の文學20　中央公論社（一九六五年）
『へんな原稿―戦に行く前―』新潮社（一九二〇年）
『放浪記』林芙美子　新潮文庫（一九四五年）
『林芙美子傑作集』林芙美子　新潮文庫（一九五一年）
『和解　小僧の神様』志賀直哉　講談社文庫（一九七二年）
『悪い時には』尾崎一雄全集第五巻　筑摩書房（一九八二年）
『わが胸の底のここには』高見順　講談社文芸文庫（二〇一五年）
『死霊』埴谷雄高　講談社文芸文庫Ⅲ（二〇〇三年）
『晩鐘』佐藤愛子　文藝春秋（二〇一四年）

『遁走』安岡章太郎　講談社（一九五八年）
『ガラスの靴』『海辺の光景』角川文庫（一九七四年）
『その一年』山川方夫　文藝春秋新社（一九五九年）
『故人』坂上弘　平凡社（一九七九年）
『これからの時代を生きるあなたへ』上野千鶴子　主婦の友社（二〇二二年）
『創作の海図』坂本公延　研究社出版（一九八六年）
『中央公論』一九五六年十一月号
『文學界』一九五八年十一月号　一九五九年三月号
　その他

庵原高子（あんばら　たかこ）
1934年、東京市麴町区（現東京都千代田区）に羅紗商人の第八子として生まれる。大家族に揉まれた強さもあるが、周囲に流される弱さもある。53年、浪人中に大学進学を諦めたのもその一つ。暗黒の日々を送る。白百合学園高校卒。54年、里見弴氏が顧問を務める劇団鎌倉座に入団。小説はそれ以前から書いていたが、56年、第一回中央公論新人賞に応募し、予選通過作品として名前が載り、粕谷一希氏より電話をもらう。58年、「三田文学」に「降誕祭の手紙」を発表。「文学界」11月号に全国同人雑誌優秀作として転載される。その年、結婚。翌年、同作が第40回芥川賞候補となる。同候補の山川方夫氏と知り合い、小説の指導を受けるようになる。61年、「三田文学」に6回にわたり長編「地上の草」を連載する。終了直前に妊娠に気づくが、書き続ける。妊娠中毒症になるも翌年無事出産。以後、育児と家事に専念し、創作から遠ざかる。89年、慶應義塾大学通信教育課程に入学。91年、坂上弘氏が編集長を務める「三田文学」に、30年ぶりに「なみの花」を発表。95年、慶應義塾大学文学部英文学科を卒業。97年に小沢書店より『姉妹』を刊行。2005年に『表彰』を、13年に『海の乳房』を作品社から刊行。18年、田畑書店より『庵原高子自選作品集　降誕祭の手紙／地上の草』を、20年、『商人五吉池を見る』を、21年、『ラガーマンとふたつの川』を、23年、『波と私たち』を刊行する。（著者自筆）

田畑書店

青あらし

2024年6月 1日　印刷
2024年6月10日　発行

著者　庵原高子《あんばらたかこ》

発行人　大槻慎二
発行所　株式会社 田畑書店
〒130-0025　東京都墨田区千歳 2-13-4　跳豊ビル 301
tel 03-6272-5718　fax 03-6659-6506
装幀・本文組版　田畑書店デザイン室
印刷・製本　モリモト印刷株式会社

ISBN978-4-8038-0437-9 C0093
定価はカバーに表示してあります
落丁・乱丁本はお取り替えいたします